AF303908

Die gebürtige Westfälin **Dorothea Stiller** entdeckte schon früh ihre Liebe zum geschriebenen Wort und zur Sprache. Nach dem Studium der Anglistik und Germanistik arbeitete sie zunächst fünfzehn Jahre als Lehrerin, bis sie ihre große Leidenschaft zum Beruf machte und seither als freiberufliche Autorin, Lektorin und Übersetzerin sowie Dozentin für Kreatives Schreiben und Literatur ihre Brötchen verdient. Die zweifache Mutter lebt mit ihrer Familie und Kater Findus am Rande des Ruhrgebiets und fühlt sich in verschiedenen Genres – ob Liebesroman, Historisches, Krimi oder Jugendbuch – zu Hause.

DOROTHEA
STILLER

LIEBE AUF VERSCHNEITEN PFADEN

Überarbeitete Neuausgabe Dezember 2021

© 2021 dp Verlag, ein Imprint der dp DIGITAL PUBLISHERS
GmbH

Made in Stuttgart with ♥
Alle Rechte vorbehalten

Liebe auf verschneiten Pfaden

ISBN 978-3-98637-141-8
E-Book-ISBN 978-3-98637-149-4

Copyright © 2018, dp Verlag, ein Imprint der dp DIGITAL
PUBLISHERS GmbH
Dies ist eine überarbeitete Neuausgabe des bereits 2018 bei dp Verlag, ein Imprint der dp DIGITAL PUBLISHERS GmbH erschienenen Titels Das Wunder von Dunstable (ISBN: 978-3-96087-634-2).

Covergestaltung: Anne Gebhardt
Umschlaggestaltung: ARTC.ore Design
Unter Verwendung von Abbildungen von
shutterstock.com: © Dikta Alik, © LilKar
stock.adobe.com: © Maksim Shmeljov
istockphoto.com: © simonbradfield
periodimages.com: © Maria Chronik, VJ Dunraven Productions
elements.envato.com: © wowomnom, © M-e-f, © Eldamar_Studio,
© ivanrosenberg
Lektorat: Daniela Pusch
Satz: dp DIGITAL PUBLISHERS GmbH
Druck und Bindung: Books on Demand GmbH, Norderstedt

1

Miss Frederica Whitehouse

Es war so grässlich kalt;
es schneite und es begann dunkler Abend zu werden.

Das kleine Mädchen mit den Schwefelhölzern
Hans-Christian Andersen

Es war so grässlich kalt; es schneite und es begann dunkler Abend zu werden, und Freddie fragte sich, wie so oft in den vergangenen Tagen, wie sie sich nur in diese Lage hatte bringen können. Vorsichtig, um nicht die Kälte unter ihre Decke kriechen zu lassen, streckte sie die Hand aus und schob mit dem Zeigefinger den Vorhang ein Stück zur Seite. Die Nacht war klar und mondhell – ideale Reisebedingungen, wenn der Schneefall nicht gewesen wäre, der etwa eine Stunde nach ihrem Halt in Hockliffe eingesetzt und seither nicht aufgehört hatte. Dicke Flocken wie Gänsedaunen trudelten durch den dämmergrauen Himmel auf sie herab und deckten Bäume, Sträucher und Felder zu. Mühsam quälte die Postkutsche sich vorwärts. In der Ferne waren Lichter zu sehen und ließen Frederica hoffen, dass sie von einer nahen Wohnstatt kündeten. Womöglich waren dies die ersten Häuser von Dunstable, das sie schon vor einer halben Stunde hätten erreichen sollen.

»So ein scheußliches Wetter!«, knurrte der alte Gentleman in dem dicken, dunkelbraunen Pelerinenmantel, der ihr gegenüber saß. »Wenn es weiter so schneit, haben wir zu Weihnachten zwei Meter hohen Schnee.«

Auch wenn Frederica es für eine maßlose Übertreibung hielt, konnte sie sich tatsächlich nicht erinnern, wann sie das letzte Mal ein so dichtes Schneetreiben gesehen hatte. Mit schlechtem Gewissen dachte sie an den Kutscher, den Wächter und die zwei Männer, die auf den Außensitzen mitreisten, und die noch entsetzlicher frieren mussten als sie.

Was um alles in der Welt hatte sie sich nur dabei gedacht? Sie hätte im Warmen sitzen und vom Frühjahr in London träumen können, von Feiern und Bällen – und von ihrer Hochzeit. Eine Menge Mädchen hätten sie beneidet. Cedric war nicht nur eine gute Partie, weil er vermögend war und einen Titel erben würde. Er war auch ein herzensguter Mensch, der sie um ihrer selbst willen liebte. Sie hätte eine Zukunft als Viscountess Fairford vor sich gehabt und später, wenn Cedric das Erbe seines Vaters antreten würde, als Countess of Hillsborough. Ihre Eltern waren so stolz gewesen. Warum nur hatte sie mit einem einzigen Satz ihre Zukunft ausgelöscht und Cedric das Herz gebrochen? Was war falsch an ihr? Sie begriff es ja selbst kaum. Sicher wusste sie allein, dass es ihr ein tiefes inneres Bedürfnis gewesen war, es auszusprechen, weil es die Wahrheit war. Je länger ihre Verlobung gewährt hatte, desto mehr hatte das Gefühl überhandgenommen, an dieser unausgesprochenen Wahrheit ersticken zu müssen.

Und so war der Satz einfach über ihre Lippen geschlüpft, noch bevor sie ihn zurückhalten konnte, bevor die Angst vor den Folgen dieser nüchternen, sachlichen Feststellung ihre Zunge hätte bremsen können. Wie eine Luftblase waren die Worte geradewegs aus ihrem Herzen aufgestiegen und hinausgeschwebt, hatten eine Weile zwischen ihnen in der Luft gehangen wie die weißen Wölkchen, die ihr Atem nun in die klirrkalte Luft zauberte. Dann jedoch waren sie mit all ihrer Wucht hinabgesunken und hatten von einem Augenblick auf den nächsten ihre glänzende Zukunft als Herrin auf Brayton Abbey zerstört wie überhaupt alles, das sie für selbstverständlich gehalten hatte:

»Ich fürchte, ich liebe dich nicht.«

Alles stand ihr noch lebhaft vor Augen: Cedrics entsetzter Ausdruck, das minutenlange Schweigen. Stumme Tränen, die in seinen blauen Augen aufwallten. Wie sie dann das Messer noch einmal in die Wunde gestoßen hatte, ganz so als habe sie sich selbst jeden Rückweg abschneiden wollen.

»Es tut mir leid Cedric, aber ich kann dich einfach nicht heiraten. Es wäre nicht recht.«

Mit verletztem männlichem Stolz oder gekränkter Ehre hätte sie umgehen können. Vielmehr jedoch sprach aus Cedrics Tränen eine verzweifelte, aufrichtige Liebe, die sie nur zu gern für ihn empfunden hätte. Sein sichtbarer Schmerz ließ sie und ihre Worte kalt und grausam erscheinen. Allein bei der Erinnerung war ihr noch ganz elend. Sie hätte sich gewünscht, Cedric ihrer unverbrüchlichen, immerwährenden Liebe versichern zu können. Doch obwohl sie ihn sehr gern hatte, empfand sie nichts Derartiges für ihn. So ernsthaft sie auch in ihrem Herzen geforscht hatte, gab es dort nichts außer diesem unbestimmten Gefühl, das tief in ihrem Innern schlief, wo sie es unter

Buchwissen, guten Manieren und einem gefälligen Äußeren vergraben hatte. Niemand sollte diese Abnormität sehen. Tief verstörend war es gewesen, als sich dieses unerklärliche Empfinden zum ersten Mal gerührt hatte, und doch so mächtig und überwältigend, dass es sich nicht ignorieren ließ. Jedenfalls nicht für lange. Es war wie ein Splitter, der tief im Fleisch steckte. Man konnte ihn eine Weile vergessen, doch immer wieder spürte man den Schmerz. Insofern war Frederica fest überzeugt, dass sie richtig gehandelt hatte. Cedric war liebenswürdig im eigentlichen Wortsinne. Er verdiente es, ehrlich, aufrichtig und aus tiefstem Herzen geliebt zu werden. Und weil sie das nicht vermochte, war der Bruch der einzig mögliche Weg gewesen. Das war ihr vollkommen klar, auch wenn diese unangenehme Wahrheit, einmal ausgesprochen, ihr Leben für ungewisse Zeit ins Chaos gestürzt hatte. Nun, es war nicht zu ändern. Sie hatte diesen Weg beschritten und konnte nicht zurück. So beängstigend ihre Lage ihr zunächst erschienen war, war dieser Schritt doch in gewisser Weise befreiend. Zum ersten Mal hatte sie die Verantwortung über ihre Zukunft selbst in die Hand genommen.

Für diese Gelegenheit würde sie ihrer Tante Caroline auf ewig dankbar sein. Überhaupt war Caroline, die selbst nie geheiratet hatte, die einzige in ihrer Familie, die sie verstand. Nur sie hatte in dem Aufruhr, den die Lösung der Verlobung losgetreten hatte, die Ruhe behalten. Anstatt wie ein kopfloses Huhn herumzulaufen, sich die Haare zu raufen und Frederica mit Vorwürfen zu überhäufen, hatte Caroline Briefe geschrieben. Und einem dieser Briefe verdankte Freddie es, neben ihrer hervorragenden Erziehung und Ausbildung, dass sie eine Anstellung als Kindermädchen im Hause Lord Fotheringhams bekommen hatte. Ein großes Glück, denn Vater hatte überdeutlich gemacht, dass er nicht finanziell für ihre »Kapriolen« würde aufkommen wollen. Sie erinnerte sich an jedes seiner Worte, und die Erinnerung wühlte sie auf.

»Wenn du es vorziehst, einen guten Mann vor den Kopf zu stoßen, einen, der dir eine gesicherte Zukunft und ein glückliches Leben beschert hätte, wirst du die Folgen dessen gefälligst selbst tragen. Es reicht, wenn mir eine alte Jungfer auf der Tasche liegt. Deiner Tante muss man allerdings zugutehalten, dass sie im Gegensatz zu dir keine Wahl hatte. Es ist schließlich nicht ihre Schuld, dass Gott ihr keine gefälligere Erscheinung gegeben hat. Es will mir nicht in den Kopf! Ein hübsches Mädchen wie du es bist – und so undankbar und halsstarrig!«

Dabei hätte Frederica diese Mischung aus Wut und Scham, die sie bei der Erinnerung empfand, nicht eindeutig benennen können. Am Besten war es, all das hinter sich zu lassen und sich auf das zu konzentrieren, was vor ihr lag: ihr neues Leben als Kindermädchen.

Ein lauter, ungehöriger Fluch riss sie aus ihren Gedanken. Es gab einen Ruck und, ehe sie begriffen hatte, was geschehen war, kippte die Kutsche zur Seite. Die Reisenden schrien auf. Frederica wurde gegen die Seitenwand gepresst und spürte, wie etwas Schweres auf ihr landete. Ihr Kopf schlug gegen das Holz. Die Kutsche musste ins Rutschen gekommen, in eine Schneewehe geraten und auf die Seite gekippt sein.

Der Druck, der auf ihrer Seite gelastet hatte, verschwand. Sie blickte zum geöffneten Schlag hoch, von wo aus der Gentleman, der in Northampton zugestiegen war und den Platz neben ihr eingenommen hatte, sie betrachtete. »Sind Sie verletzt, Miss?«.

»Ich glaube nicht«, gab Freddie zurück und ließ sich von ihm hinaufziehen. Mit Mühe kämpfte sie sich durch den Einstieg und kletterte ins Freie.

Schlotternd stand sie im Schnee und sah dem Gentleman dabei zu, wie er mit Hilfe des Kutschers die übrigen Fahrgäste, eine junge Dame und den schlechtgelaunten älteren Herrn im braunen Radmantel, der ihr gegenübergesessen hatte, aus dem Innenraum befreite.

Die beiden Männer, die auf den Außensitzen gesessen hatten, waren in den Schnee geschleudert worden, rappelten sich auf und betasteten ihre Glieder. Ebenso war es dem bewaffneten Wächter ergangen, welcher die Kutsche auf dem Sitz neben dem Postkasten begleitete. Der verhängnisvolle Schnee, der die Kutsche von der Straße abgebracht hatte, war nun gleichsam zu ihrem Retter geworden, indem er ihren Sturz abgefangen hatte. So schien sich glücklicherweise niemand ernsthaft verletzt zu haben.

Man überlegte, was nun zu tun sei.

»Dort drüben muss jemand wohnen.« Freddie deutete in die Richtung, in der sie noch immer Lichter sehen konnte.

»Ich werde hinreiten«, schlug der Wächter vor.

»Nein.« Der Kutscher schüttelte vehement den Kopf. »Wir sollten weder die Damen noch die Post ungeschützt zurücklassen. Wer weiß, welche Strauchdiebe und Wegelagerer sich nachts hier herumtreiben.«

»Nun verängstigen Sie doch die Damen nicht, Mann!«, schimpfte der alte Herr im Radmantel.

»Ich werde losreiten und Hilfe holen«, bot der Gentleman an, der Freddie aus der Kutsche geholfen hatte. Er hatte ein freundliches Gesicht und machte einen vertrauenswürdigen Eindruck. Der Kutscher schien diesen Vorschlag gutzuheißen, denn er machte sich daran, eines der vier Pferde auszuschirren, um es ihm zu überlassen.

Nachdem der Gentleman sich auf das Pferd geschwungen hatte und in Richtung der flackernden Lichter davongeritten war, versuchten die Männer mit vereinten Kräften, die Kutsche wieder aufzurichten, was jedoch nicht gelingen wollte.

»Wir müssen die Pferde zur Hilfe nehmen«, schlug einer der Männer vor, der auf dem Kutschbock mitgefahren war.

Während also die Männer damit beschäftigt waren, die Pferde seitlich vorzuspannen, um die Kutsche wieder aufzurichten, drängten sich die beiden jungen Frauen in den Windschatten des Gefährts.

»Na, das ist ja mal ein herrlicher Schlamassel, nicht wahr?« Ihre junge Mitreisende trat auf der Stelle und rieb die Hände aneinander, um sich warmzuhalten. Sie mochte vielleicht zwei oder drei Jahre jünger sein als Freddie und hatte ein hübsches, herzförmiges Gesicht, das sie sympathisch erscheinen ließ. »Ich hoffe, das ist kein schlechtes Omen. Das erste Mal, dass ich weiter als bis nach Chester reise und schon passiert so etwas!«

Ihre Sprache war hörbar dialektgefärbt, ein singender Tonfall, wobei sie das »r« rollte und die Laute weit hinten im Mund formte. Freddie musste sich konzentrieren, um sie zu verstehen. Der Kleidung nach zu urteilen schien sie aus einer Familie von bescheidenem Wohlstand zu stammen. Über dem groben grauen Mantel trug sie ein rotes Wolltuch mit Karomuster und auf dem Kopf eine gesteppte, schwarze Haube, unter der haselnussbraunes Haar hervorlugte.

»Dann stammen Sie aus dem Nordwesten?«, mutmaßte Frederica.

»Aus Bangor. Mein Vater betreibt dort einen Schieferhandel. Miriam Pritchard. Also, na ja, das ist mein Name. Miss Miriam Pritchard.«

»Es ist mir eine Freude, Sie kennenzulernen, Miss Pritchard. Auch wenn die Umstände weniger erfreulich sind. Mein Name ist Frederica Whitehouse.« Ihrer Erziehung gemäß hätte es ihr widerstrebt, sich mit der jungen Frau, die einer anderen sozialen Klasse angehörte, gemein zu machen, doch in diesem Augenblick wurde Freddie klar, dass sie die Arroganz ihres Standes ablegen musste. Sie war nicht länger die zukünftige Viscountess Fairford. Sie war Miss Whitehouse, das Kindermädchen. Und mochte sie Miss Pritchard in Abstammung und Bildung überlegen sein, ihren Umständen nach war sie es nicht. »Dann haben Sie ja bereits eine beachtliche Reise hinter sich. Steigen Sie auch in Dunstable aus?«

»Nein, Miss. Leider nicht. Ich bin unterwegs nach London. Eine Verwandte hat mir eine Stelle angeboten. Das ist für mich eine einmalige Gelegenheit, wissen Sie? Ich wollte immer schon einmal nach London, ein großes Abenteuer erleben.« Sie lachte. »Ich hätte vorsichtiger sein müssen mit meinen Wünschen, nicht wahr? Nun sehen Sie, wohin es mich geführt hat.«

»Dunstable kann nicht mehr weit sein. Gewiss kommt bald Hilfe.« Dies diente mehr dazu, sich selbst zu beruhigen, denn Miss Pritchard schien ob ihrer misslichen Lage gänzlich unbekümmert.

Tatsächlich dauerte es nicht lang, bis aus der Ferne der Klang von Glöckchen zu ihnen herüberwehte. Ein Schlitten! Erleichterung machte sich unter den Gestrandeten breit, und die Aussicht, bald ein wärmendes Feuer und etwas Nahrhaftes genießen zu können, hob die Stimmung merklich. Mit vereinten Kräften und zusätzlichen Pferdestärken wären sie gewiss bald befreit.

2

SIR THOMAS DE CLAIR

Marley war tot, damit wollen wir anfangen.
Kein Zweifel kann darüber bestehen.

Eine Weihnachtsgeschichte
Charles Dickens

Marley war tot, damit wollen wir anfangen. Kein Zweifel kann darüber bestehen. Während des nächtlichen Rittes musste Sir Thomas sich diese endgültige Wahrheit immer wieder ins Gedächtnis rufen, um sie zu begreifen. Marley war tot und damit die letzte Gelegenheit verstrichen, das Band der Freundschaft, das sie ihre gesamte Jugendzeit so fest zusammengehalten und das er vor so vielen Jahren mutwillig und schweren Herzens zerschnitten hatte, wieder zu verknüpfen. Marley war tot. Ohne je erfahren zu haben, wie oft De Clair im Geiste mit ihm Zwiesprache gehalten hatte, wie oft er dem Freund in seiner Vorstellung alles ausgebreitet hatte – alles, ausnahmslos und in schonungsloser Ehrlichkeit. Wie sehr hatte De Clair sich gewünscht, diese Last von seiner Seele zu nehmen. Doch wie hätte er Marley die Wahrheit sagen können? Er hätte ihn zu Recht einen schlechten Freund geschimpft, einen Verräter. Und nun war Marley tot, sein schwaches Herz hatte einfach aufgehört zu schlagen, und die Nachricht vom Ableben des einstigen Freundes Sir Thomas in einen regelrechten Mahlstrom widersprüchlichster Empfindungen gestoßen.

Die Lichter, die De Clair aus der Ferne hatte erkennen können, waren nun eindeutig als die erleuchteten Fenster eines kleinen Gehöfts auszumachen, dessen schneebedeckte Dächer im Mondlicht schimmerten. Hier würde er gewiss Hilfe bekommen. Der Gedanke an ein wärmendes Feuer und eine herzhafte Mahlzeit war unwiderstehlich, denn die Kälte war unerbittlich unter seine Kleider gekrochen. Auch sein Gesicht fühlte sich trotz des Schals beinahe taub an.

Wenigstens lenkte seine Mission ihn ein wenig von der ständigen Grübelei ab. Deswegen hatte er sich auch bereiterklärt, diese Aufgabe zu übernehmen. Der Schnee stob neben ihm auf, als er dem Pferd die Sporen gab, und bald hatte er die Farm erreicht.

Ein Hund fing zu kläffen an und zerrte an seiner Kette, als De Clair auf den Hof ritt, was zur Folge hatte, dass er nicht erst rufen musste, um die Bewohner des Hauses zu wecken.

Es dauerte nicht lang und der Bauer kam hinausgelaufen. Misstrauisch beäugte er den Ankömmling.

»Bitte entschuldigen Sie mein Eindringen«, rief Sir Thomas. »Wir waren mit der Postkutsche unterwegs nach Dunstable, als wir von der Straße abkamen und in eine Schneewehe fuhren.«

Rasch waren die näheren Umstände erklärt. Die Knechte wurden geweckt, zwei kräftige Kaltblüter vor den Schlitten gespannt, Schaufeln und Spaten aufgeladen, und schon ging es los. Mit vereinten Kräften, dem nötigen Werkzeug und den zwei stämmigen Arbeitspferden würde es im Handumdrehen gelingen, die Kutsche zu befreien, und sie würden schon bald weiterfahren können. Wie Sir Thomas von Mr Marsh, dem hilfsbereiten Bauern, erfahren hatte, war es bis zur Herberge in Dunstable nicht mehr weit. Er dachte dabei vor allem an den älteren Gentleman und die zwei jungen Damen, deren Konstitution der Kälte womöglich weniger entgegenzusetzen hatte.

Während der Schlitten, begleitet von Glöckchenklang durch die klare, mondbeschienene Nacht glitt, kehrten seine Gedanken wieder zu dem Brief zurück, der in der Brusttasche seiner Jacke ruhte. Im Geiste sah er die zierliche, geschwungene Handschrift, die so gut zu seiner Erinnerung an die Verfasserin dieser Zeilen passte, die sich ihm unauslöschlich ins Gedächtnis gebrannt hatte. Das schwarze Haar, das bezaubernde Lachen und die Wärme ihrer Stimme. Nur allzu bereitwillig war er der Bitte in diesem Schreiben nachgekommen, hatte seine Antwort verfasst, noch bevor er lange darüber nachdenken konnte. Und nun fragte er sich, ob ihr Unglück ein Wink des Schicksals war, eine Warnung davor, diesen Weg weiter zu beschreiten, wohl wissend, dass er sich an dessen Ende Auge in Auge mit der Vergangenheit sehen würde.

Was konnte Gutes daraus erwachsen, wenn er sich geradewegs in die Bedrängnis begab, aus der er sich vor zehn Jahren um den Preis befreit hatte, seinen treuesten Freund zu verlieren? Er hätte ablehnen sollen. Höflich, aber bestimmt. Jedoch, wie konnte man einer trauernden Witwe eine Bitte abschlagen, die sie mit solcher Eindringlichkeit äußerte?

»Gleich sind wir da. Ich kann sie schon sehen, Sir!«, rief der Bauer und riss ihn aus seinen Gedanken. »Keine Sorge, meine Shires sind kräftig. Wir haben Sie im Handumdrehen wieder auf der Straße.«

»Vielen Dank, Marsh. Wir sind Ihnen sehr verbunden. Das sind in der Tat zwei prächtige Pferde.«

Sie hatten die Unglücksstelle erreicht, wo die Gestrandeten ihnen bereits hoffnungsvoll entgegenblickten.

Die Knechte und der Kutscher machten sich sogleich mit den Schaufeln ans Werk, während die Fahrgäste ungeduldig warteten, dass sie ihre Reise endlich würden fortsetzen können.

»Immerhin hat es aufgehört zu schneien«, brummte der ältere Gentleman, der Sir Thomas in der Kutsche schräg gegenüber gesessen und ein sauertöpfisches Gesicht gemacht hatte. »Ein schreckliches Wetter ist das. Nicht einmal einen Hund würde man vor die Tür jagen.«

»Nicht mehr lang, dann sind wir in Dunstable«, versuchte De Clair den alten Griesgram optimistischer zu stimmen. »Erlauben Sie, dass ich mich vorstelle. Sir Thomas de Clair.«

»Angenehm. Fitzroy Swinton, Earl of Chester«, entgegnete der Alte mit einem kurzen Kopfnicken.

Chester. Sir Thomas zuckte unwillkürlich zusammen. Ganz in der Nähe, in Milton Green, hatten sich damals ihre Wege getrennt und Marley hatte nun dort die ewige Ruhe gefunden. Man mochte es für einen bloßen Zufall halten, doch De Clair konnte den Eindruck nicht abschütteln, dass das Schicksal ihm damit etwas sagen wollte.

»Es ist mir eine Freude, Sie kennenzulernen, Mylord. Haben Sie es von Dunstable noch weit bis an Ihr Ziel?«

»Nicht mehr sehr. Ich bin unterwegs nach London. Sofern der vermaledeite Schnee mir nicht einen Strich durch die Rechnung macht, sollte ich morgen Mittag dort sein.«

»Hoffen wir das Beste.« Sir Thomas lächelte. »Es scheint, als blieben wir einander erhalten. Ich reise auch nach London.«

»In meinem Alter sollte man das Reisen langsam aufgeben«, stellte der Earl fest. »Rund einhundertneunzig Meilen sind es von Chester nach London und ich werde jede einzelne davon noch wochenlang in den Knochen spüren.«

De Clair fragte sich, warum ein Mann von Chesters Schlag sich den Unbequemlichkeiten einer Reise mit der Postkutsche aussetzte. Nun, es ging ihn nichts an, und er konnte Lord Chester wohl kaum fragen.

Endlich waren die Räder so weit vom Schnee befreit, dass Mr Marsh die beiden Shires vorspannen konnte. Mit nunmehr vier Pferden gelang es, die Kutsche wieder aufzurichten und auf die Straße zu bringen. Die Reise konnte weitergehen.

3

MISS MIRIAM PRITCHARD

Koffer guckt man im Allgemeinen nicht genauer an. Leute tragen sie herum, reisen mit ihnen. Manche Koffer sehen schön aus, sind aus Leder, manche sind abgewetzt, fallen auseinander. Im Märchen gibt es Zauberkoffer; in der Wirklichkeit gibt es sie nicht.

Der Koffer
Peter Härtling

Koffer guckt man im Allgemeinen nicht genauer an. Leute tragen sie herum, reisen mit ihnen. Manche Koffer sehen schön aus, sind aus Leder, manche sind abgewetzt, fallen auseinander. Im Märchen gibt es Zauberkoffer; in der Wirklichkeit gibt es sie nicht. Oder möglicherweise doch? Mutters alter Koffer jedenfalls war für Miriam beinahe ein solches Wunderding, denn mit ihm hatte sie eine ereignisreiche Reise angetreten, die gleich mit einem Abenteuer begann. Das feine, nussbraune Leder hatte bereits einige Kratzer, und die kupfernen Nieten, mit denen er beschlagen war, waren gewiss auch einmal glänzender gewesen. Dennoch sah er teuer aus und Miriam fragte sich, wie Mama in den Besitz eines so eleganten Koffers gekommen war. Möglicherweise ein Erbstück, allerdings wusste Miriam nicht viel über Mamas Familie, außer dass sie eine Waise war und nicht aus Bangor stammte.

Und nun war es Miriams Koffer, der sie auf ihrer ersten großen Reise begleitete und sie einem neuen, aufregenden Leben entgegen tragen sollte. Mama und Papa hatten andere Pläne für sie gehabt, hätten sie lieber in ihrer Nähe gewusst, doch sie wussten auch, dass es wenig Sinn hatte, wenig Sinn hatte, ihr etwas ausreden zu wollen. Also hatte Papa schließlich Miriams Cousin, dem Buchhändler geschrieben, der ihr prompt eine Stelle angeboten hatte. Und nun stand sie hier und sah zu, wie ihr Koffer ausgeladen und in das Gasthaus getragen wurde.

Sie hätte sterbensmüde und erschöpft sein müssen, aber es war alles zu aufregend. Wie hatte sie sich gewünscht, endlich auch einmal etwas Spannendes zu erleben, die Welt zu sehen und interessanten, neuen Leuten zu begegnen. Trotz der Kälte und des Schnees hätte sie nicht anderswo sein mögen als genau hier, im *Sugar Loaf Inn* in Dunstable, das sie endlich erreicht hatten, und auf dem Weg in die Hauptstadt.

Die ungeplante Unterbrechung war ihr einerlei, denn sie hatte es nicht eilig. Natürlich konnte sie es nicht erwarten, London zu sehen. Doch London würde auch morgen noch am selben Fleck sein, groß, laut, schmutzig und voller neuer Eindrücke.

Jetzt freute sie sich auf ein wärmendes Feuer, eine warme Mahlzeit und darauf, noch ein wenig mit ihrer Mitreisenden plaudern zu können. Hoffentlich zog sich Miss Whitehouse nicht gleich zurück. Sie schien aus einer vornehmen Familie zu stammen, darauf ließen jedenfalls ihre Kleidung und ihre Art zu reden schließen.

Traurig hatte sie ausgesehen, so als ob etwas sie bedrückte. Möglicherweise eine unglückliche Liebe – oder ein tragischer Todesfall?

War es nicht erstaunlich, wie ein jeder seine eigene Geschichte hatte, sein einzigartiges Schicksal, das ihn auf verschlungenen Pfaden durchs Leben führte? Es war faszinierend, sich vorzustellen, wie diese Pfade sich kreuzten, man ein Stück des Weges gemeinsam ging, und sich dann wieder trennte. Miriam liebte es, Menschen zu beobachten und sich auszumalen, welche Geheimnisse sie wohl mit sich trugen und was sie just in diesem Augenblick an genau diesen Ort gebracht hatte. Wenn man offene Augen und einen wachen Verstand hatte, gab es so vieles zu entdecken und zu lernen. Wie sie es liebte, sich Geschichten auszudenken! Beinahe noch mehr, als sie zu lesen.

Ach, es war einfach herrlich, wenn einem die Welt so offenstand und man ein Ziel hatte, anstatt stets am selben Ort zu bleiben, und dieselben Leute über stets dieselben Dinge reden zu hören.

Nachdem ein Dienstmädchen ihr Mantel, Schal und Mütze abgenommen hatte, betrat sie die herrlich warme und gemütlich eingerichtete Gaststube, wo sie an einem der blankgescheuerten Holztische Platz nahm. Sehr zu ihrer Freude sah sie, wie auch Miss Whitehouse den Raum betrat und ihr zulächelte.

»Darf ich mich zu Ihnen gesellen? Es erscheint mir recht freudlos, eine Mahlzeit allein einzunehmen.«

»Selbstverständlich, Miss Whitehouse. Sehr gern. Bitte setzen Sie sich doch.« Sie lächelte. »Ich nehme an, Sie müssen morgen auch weiterreisen?«

»Ja, aber nicht mehr sehr weit. Es sind nur noch etwa fünfzehn Meilen bis nach Hemel Hempstead. Wenn alles nach Plan läuft, werde ich morgen hier abgeholt.«

»Dann wohnen Sie dort?«

»Nein. Ich habe dort eine Anstellung als Kindermädchen.«

Miriam horchte auf. Sie hatte geahnt, dass eine interessante Geschichte hinter dem traurigen Blick ihrer Mitreisenden stecken musste. Gewiss eine finanzielle Zwickmühle, aus der die Ärmste sich nur durch eine vorteilhafte Heirat befreien konnte. Zu gern hätte sie nach näheren Einzelheiten gefragt, doch erstens gehörte es sich nicht, einer Fremden gegenüber derart neugierig zu sein, und zweitens erschien in diesem Augenblick die Wirtin und brachte Eintopf, etwas kalten Braten, Käse und Brot.

Erst jetzt merkte Miriam, wie hungrig sie war. Der Eintopf war dick, kräftig und so heiß, dass sie ihn nicht so schnell essen konnte, wie sie es gern getan hatte.

»Dann haben wir ja etwas gemeinsam«, sagte sie und blies vorsichtig auf den Löffel. »Wir treten beide eine neue Stelle an.«

»So kann man es wohl betrachten«, entgegnete Miss Whitehouse und nahm einen Schluck Ale aus dem Krug, den die Wirtin gebracht hatte. »Sie sagten, eine Verwandte habe Ihnen die Stelle in London angeboten? Werden Sie dort im Haushalt arbeiten?«

Miriam schüttelte den Kopf und leerte den Mund, bevor sie sprach. »Nein. Der Neffe meines Vaters ist Buchhändler und ich werde in seinem Geschäft aushelfen. Ist das nicht fantastisch? Stets umgeben von Büchern! Ich kann mir kaum etwas Schöneres vorstellen.«

Miss Whitehouse lachte. »Dann darf ich wohl annehmen, dass Sie gern lesen, Miss Pritchard.«

»Und wie!«, rief Miriam. »Finden Sie es nicht unglaublich, dass man beim Lesen im Geiste an alle möglichen

Orte reisen kann, während man bequem daheim im Warmen sitzt? Ach, ich finde es einfach grandios. Sie nicht?«

»Doch, auch ich lese sehr gern. Allerdings finde ich, dass die Literatur eher der Erbauung, der Bildung und der Schulung des Charakters dienen sollte als der bloßen Unterhaltung.« Miriam fand, dass ihr Gegenüber etwas reserviert klang. Vermutlich hatte sie eine strengere Erziehung genossen als sie selbst. Natürlich wusste sie, dass es nicht schicklich war, seine Gefühle so deutlich zu zeigen, doch sie hatte es stets für unsinnig gehalten, und selbst wenn sie gewollt hätte, wäre ihr übersprudelndes Naturell nur schwerlich zu bremsen gewesen.

»Oh, natürlich, natürlich«, pflichtete Miriam Miss Whitehouse bei. »Man kann auch eine ganze Menge lernen, wenn man liest. Da gebe ich Ihnen recht. Aber wenn man nicht die Gelegenheit oder die Mittel hat, viel in der Welt herumzukommen, kann man beim Lesen dennoch die herrlichsten Abenteuer erleben. Nun, aber wir brauchen heute keine Bücher, nicht wahr? Wir haben unser Abenteuer schon hinter uns.«

Miss Whitehouse musste lachen. »Ein Abenteuer nennen Sie das? Ich hätte es eher als eine Kalamität bezeichnet. Sie scheinen mir ein sonniges Gemüt zu besitzen, Miss Pritchard, das sie sich unbedingt bewahren sollten.«

»Gewiss, ich werde mir die größte Mühe geben.« Miriam lächelte. »Wissen Sie, ich denke mir immer, man hat sein Schicksal nicht in der Hand. Die Dinge geschehen, wie es der Zufall will, aber dabei eröffnen sich Gelegenheiten. Oft verbergen sich in scheinbar

unglücklichen Umständen die erstaunlichsten Möglichkeiten. Man muss sie nur erkennen und das Beste
daraus machen.«

Miss Whitehouse zog die Augenbrauen hoch.

»Ihren Optimismus möchte ich besitzen, liebe Miss
Pritchard.«

4

LORD CHESTER

Weihnacht! Der muss wahrlich ein Menschenhasser sein, in dessen Brust durch die Wiederkehr des Weihnachtsfestes kein frohes Gefühl, in dessen Seele durch sie keine freundliche Erinnerung geweckt wird.

Ein Weihnachtsschmaus
Charles Dickens

Weihnacht! Der muss wahrlich ein Menschenhasser sein, in dessen Brust durch die Wiederkehr des Weihnachtsfestes kein frohes Gefühl, in dessen Seele durch sie keine freundliche Erinnerung geweckt wird. Dieser Gedanke war ihm gekommen, als sie durchgefroren und in Erwartung gastlicher Wärme und nahrhafter Speise die Herberge erreichten. Er hatte sich gefragt, was seine Mitreisenden wohl dazu bewogen hatte, sich in dieser Kälte auf den Weg zu machen, und er war zu dem Schluss gekommen, dass sie vermutlich unterwegs waren, die Adventszeit und das Weihnachtsfest mit Familie und Verwandten zu begehen. Nicht einmal vier Wochen waren es noch bis zum Heiligen Abend und trotz des Schnees, der seine weiße Decke über das Land gedeckt hatte, war Chester nicht im Geringsten weihnachtlich zumute. Überhaupt konnte er dieser speziellen Jahreszeit nicht viel abgewinnen.

Wie er nun die beiden jungen Frauen betrachtete, von denen die eine, der Kleidung und Sprache nach aus einfacheren Verhältnissen stammende, fast noch ein Kind war, hatte er daran denken müssen, dass dies auch einmal anders gewesen war.

Es hatte eine Zeit gegeben, da hatte er sich an den Vorbereitungen für das Weihnachtsfest erfreuen können, an dem Duft von Mince Pies, Rinderbraten und Weihnachtspunsch und dem satten Grün der festlichen Girlanden aus Stechpalme und Efeu – an dem knisternden Feuer, das fröhliche, gerötete Gesichter erhellte. Und an das Jauchzen und Jubeln seiner Elizabeth, wenn es ihnen gelungen war, sie mit der Erfüllung eines ganz besonderen Weihnachtswunsches zu überraschen. Eine fröhliche, eine unbeschwerte Zeit war es gewesen, in der die Sorgen und Nebensächlichkeiten des Alltags für einen Augenblick zurückgedrängt worden waren. Eine Zeit, in der man beisammen war, sich einander widmete und dankbar war für jedes Geschenk Gottes, dessen man sich erfreuen durfte. Weihnachten war der Tag, an dem man des größten Geschenks gedachte, das Gott den Menschen, diesen armen Sündern, gemacht hatte, indem er seinen eigenen Sohn zu ihnen auf die Erde sandte, um sie zu erhellen.

Nicht umsonst war das Christfest auch ein Fest der Kinder, die mit ihrer unverstellten Freude und Neugier ebenso die besondere Gabe besaßen, Licht in den Alltag zu bringen – um dann jedoch, wenn sie heranwuchsen, der elterlichen Fürsorge immer mehr zu entgleiten, Vater und Mutter die allergrößten Sorgen bereiteten.

Lord Chester seufzte tief und ließ sich noch einen Krug Ale bringen. Der Wirt hatte ihm angeboten, ihn in der privaten Abgeschiedenheit seines Gastzimmers zu bewirten, doch er hatte es heute Abend vorgezogen, unter Menschen zu sein. Wieder wanderte sein Blick zu den beiden jungen Frauen, die sich angeregt unterhielten.

Wie alt mochten sie wohl sein? Die Jüngere war gewiss nicht älter als sechzehn oder siebzehn. Ein fröhliches und schwatzhaftes junges Ding, bei dessen Erziehung man offenbar keinen besonderen Wert auf damenhafte Zurückhaltung und Beherrschung gelegt hatte. Für gewöhnlich hätte er die Nase über ein solch ungestümes Temperament gerümpft, jedoch in seiner augenblicklichen Gemütsverfassung war er geneigt, milder über das junge Fräulein zu urteilen und dessen lebhafte Art für liebenswert und erfrischend zu erachten.

Vielmehr interessierte ihn aber ihre Gesprächspartnerin. Sie mochte etwa achtzehn oder neunzehn sein, vielleicht auch etwas älter, keinesfalls jedoch älter als Anfang zwanzig. Das samtene Cape mit dem Hermelinbesatz, das sie in der Kutsche getragen hatte, ließ darauf schließen, dass sie aus einem wohlhabenden Hause stammte, wie auch das elegante bordeauxfarbene Reisekleid im militärischen Stil, das sich darunter verborgen hatte. Sie war eine feingliedrige Person von hellem Teint, der gerade so zart von der Sonne geküsst erschien, dass sie nicht kränklich wirkte. Das dunkle Haar, das sie auf der Reise unter ihrer Samthaube verborgen hatte, war glänzend und sorgfältig frisiert. Ihre aufrechte Haltung, sowie ihr gesamter Habitus ließen auf ein respektables Elternhaus schließen. Ihr Gesichtsausdruck hatte eine Ernsthaftigkeit, die er selten an einem so jungen Fräulein bemerkt hatte und die ihn sehr an seine Elizabeth erinnerte. Für einen kurzen Augenblick hob sie den Kopf und ihre Blicke trafen sich.

Chester fühlte sich ertappt, als sie leicht die Augenbrauen zusammenzog und dann rasch den Blick abwandte. Es gehörte sich für einen Gentleman seines Alters nicht, ein so junges Geschöpf, so reizend es auch sein mochte, derart unverblümt zu mustern.

Allerdings war es schwer, sie anzusehen und nicht an Elizabeth zu denken. Als er sie das letzte Mal gesehen hatte, war sie etwa im selben Alter gewesen, seine dumme, halsstarrige, wunderhübsche, liebe, einzige Tochter Elizabeth. Wie mochte es ihr ergangen sein? Ob sie glücklich geworden war? Oder ob sie, wie von ihm befürchtet, geradewegs in ihr Verderben gelaufen war? Wie sie heute wohl aussah. Ob er sie überhaupt erkennen würde, wenn er sie jemals wiedersähe? Tränen traten in seine Augen, derer er sich nicht schämte. Er war ein alter Mann, der sich Sentimentalitäten erlauben konnte.

Zum wiederholten Male fragte er sich, warum er in all diesen Jahren nicht die Größe hatte aufbringen können, ihr zu vergeben? Waren Ehre und Familienname am Ende tatsächlich so wichtig? Was nützten sie, wenn man auf dem Sterbebett lag und seinen letzten Atemzug tat? Ehre und Ruf würden nicht an seinem Bett sitzen und ihm die Hand halten. Marley hatte vollkommen Recht. Er war ein starrsinniger alter Narr gewesen, hart und unnachgiebig wie ein Klotz. Und nun war er beinahe am Ende des Lebensweges angelangt. Wie viele Jahre ihm Gott in seiner Gnade auch noch zugestehen mochte, es war anzunehmen, dass er sie noch an seinen Händen würde zählen können. Marley hatte ihm die Augen geöffnet für das, was er tief im Herzen stets gewusst hatte: Dass es sein innigster Wunsch war, seine Tochter noch einmal in die Arme schließen zu dürfen und sie um Verzeihung zu bitten. Die verlorenen Jahre ließen sich nicht wiederbringen, aber wenn er seiner Elizabeth sagen könnte, wie sehr er sie immer geliebt hatte und noch immer liebte, würde er in Frieden vor den Schöpfer treten.

Erstaunlich, dass es oft nur eines losen Steinchens bedurfte, um eine Lawine auszulösen. So wie sein letztes Gespräch mit Marley ihn tief in seinem Innern erschüttert und vollkommen verändert hatte. Es war bei seinem letzten Besuch in Milton Green gewesen. Deutlich stand es ihm noch in diesem Augenblick vor Augen, er konnte sich an jedes Wort erinnern, das sie gesprochen hatten:

Sie hatten ihre Stühle an den Kamin gerückt, in dem ein kräftiges Feuer prasselte. Sein Patensohn sah fahl aus und musste immer wieder husten. Trotz des Feuers schien er zu frieren, denn Isabella brachte eine Decke.

»Ich freue mich, dass Sie kommen konnten, Chester.« Mit Mühe setzte Marley sich aufrecht. »Ich werde nicht mehr lange zu leben haben. Dr Elkins ist nicht zufrieden mit mir. Das Herz ist zu schwach, es sammelt sich Wasser in der Lunge.«

»Taugt er denn etwas, dieser Dr Elkins? Möchtest du nicht eine weitere Meinung einholen?«

»Nein, Chester. Es ist gut, wie es ist. Ich habe meinen Frieden mit Gott gemacht, und ich bin dankbar für die Zeit, die mir vergönnt ist. Es gibt eigentlich nur eine Sache, die ich bedaure.«

»Tatsächlich? Was ist das für eine Sache? Kann ich womöglich helfen?«

»In gewisser Weise.« Marley nickte und schaute dem Feuer dabei zu, wie es hungrig an einem stattlichen Buchenscheit leckte. »Am Scheideweg bringe ich endlich den Mut auf, etwas auszusprechen, das ich Ihnen schon lange habe sagen wollen.«

Chester zog die Augenbrauen zusammen und musterte ihn fragend.

»Vergeben Sie Ihrer Elizabeth. Setzen Sie alles in Bewegung, um sie zu finden, und bitten Sie auch sie um Verzeihung.«

»Sie glauben, es war falsch, ihr die Hochzeit mit diesem hergelaufenen Kaufmannssohn zu verbieten?«

»Das kommt darauf an, möchte ich meinen.« Marley wandte sich ihm zu. Die eine Seite seines Gesichtes leuchtete im orangeroten Schimmer des Feuers, die andere lag im Schatten. »Fragen Sie sich, was Ihnen wichtig sein wird, wenn Sie am Ende Ihres Lebens angelangt sind. Ist es wichtiger, in einem Streit Recht behalten zu haben, sich als Sieger zu fühlen, seinen Stolz zu wahren, oder einem geliebten Menschen noch einmal zu begegnen und ihm für die gemeinsame Zeit danken zu können?«

Chester runzelte die Stirn. »Du sprachst davon, dass es eine Sache gebe, die du bedauerst. Ich nehme an, dein Ratschlag hängt damit zusammen?«

»Richtig. In meiner Jugend hatte ich einen sehr guten Freund. Sie haben ihn nicht kennengelernt, also werde ich Sie mit den Details nicht langweilen. Kurz nach meiner Verlobung mit Isabella haben wir uns heftig gestritten. Ich kann mich gar nicht mehr entsinnen, worum es bei diesem Streit überhaupt ging. Woran ich mich erinnere ist, dass wir von einem Ausritt kamen.

Ich war böse gestürzt, hatte aber nur einige Prellungen erlitten – das Pferd jedoch hatte weniger Glück. Es lahmte und, ich musste es erlösen. Ob das der Grund war – oder etwas anderes – ich kann es heute nicht mehr sagen. Jedoch gab ein Wort das andere, und es hätte nicht viel gefehlt, und es wären die Fäuste geflogen. Wir trennten uns im Streit. Und, obwohl ich es bedauerte und mein Freund mich in meinen Gedanken oft begleitete, habe ich nie den Versuch unternommen, den Kontakt wieder herzustellen. Ob aus verletztem Stolz, aus Rechthaberei ... ich kann es nicht sagen. Nur jetzt, kurz vor dem Ende erscheint es mir das Unsinnigste, das ich je getan – oder besser unterlassen – habe.«

»Hast du versucht, deinen Freund ausfindig zu machen?«

Marley lächelte. »Das habe ich. Es war nicht leicht, aber ich habe eine Anschrift ermittelt, unter der er anzutreffen sein soll. Und ich habe begonnen, ihm zu schreiben. Es ist nicht leicht, die richtigen Worte zu finden, denn da ist so vieles, das ich ihm noch sagen möchte.«

»Ich hoffe, es wird dir gelingen«, hatte er gesagt. Daran konnte Chester sich noch genau erinnern. Doch der Brief hatte seinen Empfänger wohl nicht mehr erreicht. Denn wenige Tage später war Marley gestorben. Isabella hatte den Brief versiegelt auf seinem Schreibtisch gefunden. Er hatte versäumt, zu fragen, ob sie gedachte, ihn abzuschicken. Isabella hatte derzeit weiß Gott auch andere Sorgen. In Ermangelung eines Sohnes würden Woodcroft Park und alle zugehörigen Ländereien an Marleys Bruder Charles übergehen. Isabella würde sich eine neue Bleibe suchen müssen. Es gab nicht viel Barvermögen, daher blieb ihr nur der im Ehevertrag festgeschriebene Versorgungsteil.

Chester hatte sein Patenkind beruhigen können, indem er diesen mit einer großzügigen Summe aufgestockt hatte. Isabella würde also keinen Mangel leiden, jedoch war es gewiss nicht angenehm, das gemeinsame Heim, das voller Erinnerungen steckte, nach zehn Jahren verlassen zu müssen.

Jene Unterredung mit Marley war es allerdings gewesen, die ihn dazu gebracht hatte, über die Entscheidung seines Lebens nachzudenken, die er selbst am meisten bereute.

5

MISS FREDERICA WHITEHOUSE

Ein lautes Klopfen weckte Frederica, und sie brauchte eine Weile, um zu begreifen, dass sie sich nicht in ihrem eigenen Bett befand, sondern in einem Gasthaus in Dunstable an der Zollstraße, die von Holyhead bis nach London führte.

Sie wünschte, sie hätte in dieser Reise ein großes Abenteuer sehen können wie ihre junge Gesprächspartnerin vom gestrigen Abend, für die alles faszinierend und aufregend zu sein schien und deren fast kindlicher Optimismus offenbar nur schwer zu erschüttern war. Dazu brauchte es allem Anschein nach mehr als einen nächtlichen Kutschunfall bei eisiger Kälte und dichtem Schneetreiben. Für einen so unbeirrbaren Glauben an ein höheres Schicksal, das einen auf verschlungenen Pfaden doch stets zum Guten führte, hätte Freddie in ihrer Lage einiges gegeben.

Noch immer kreisten ihre Gedanken um den fatalen Nachmittag, an dem sie mit ihrem Bekenntnis die Verlobung mit Cedric gebrochen und die liebevolle Unterstützung ihrer Eltern verloren hatte. Was für eine große Enttäuschung sie doch war! In jeder Hinsicht. Hätten ihre Eltern geahnt, welches Geheimnis in ihrem Herzen schlummerte, sie wären entsetzt. Und zu Recht. Aber traf sie denn eine Schuld daran, dass sie empfand, wie sie nun einmal empfand? Sie hatte es versucht, hatte sich Mühe gegeben, Cedric zu lieben, und ihr rationaler Verstand hatte nichts an ihm entdecken können, was nicht liebenswert gewesen wäre. Doch sie war machtlos. Ihr Herz empfand keine Liebe für ihn nicht mehr als Freundschaft und aufrichtige Bewunderung. Sie war sich dessen vollkommen sicher, denn sie wusste, wie sich Liebe anfühlte. Sie wusste es nur zu gut. Wusste um das Gefühl, das Herz müsse jeden Augenblick aus der Brust hüpfen, weil es so heftig klopfte, wusste um den Schwindel und das warme Prickeln, das eine zufällige Berührung, ein verweilender Blick auslösen konnten. Sie wusste es, weil sie es bereits empfunden hatte. Doch nicht für einen Mann, sondern für Violet, Gabriels Verlobte und inzwischen ihre Schwägerin.

Gleich doppelt verbot es sich daher, ihrem Gefühl stattzugeben.

Möglicherweise wäre es klüger gewesen, Cedric zu heiraten und diese widernatürlichen Empfindungen für immer in ihrem Innern verschlossen zu halten. Er war ein wundervoller Mann, und für ihn hätte sie sich nach Kräften bemüht, ihm eine gehorsame und pflichtgetreue Ehefrau zu sein. Aber er liebte sie, und sie hatte es nicht über sich gebracht, ihn in dem Glauben zu lassen, sie empfinde dasselbe für ihn. Zwar hatte man sie nicht zu übertriebener Frömmigkeit erzogen, jedoch wusste sie eines mit Gewissheit: Eine andere Frau so anzusehen, für sie zu empfinden, wie sie für Violet empfunden hatte, war eine Sünde gegen Gott. Und sie war eine Sünderin. Wie hätte sie Cedric zumuten können, die Ehe mit ihr einzugehen? Es war für alle besser, wenn sie allein bliebe.

Mit Schwung schlug Freddie die Decke zurück und setzte sich auf. Jetzt musste Schluss sein mit dem

Gejammer und der Selbstkasteiung. Es war, wie es nun einmal war, und sie konnte es nicht ändern. Hieß es nicht, die Wege des Herrn seien unergründlich? Offenbar war es ihr nicht beschieden, ihr Glück in der Ehe und der Erziehung eigener Kinder zu finden. Jedoch musste das keinesfalls bedeuten, dass sie nicht auch etwas Gutes in der Welt bewirken konnte. Sie musste den für sie erdachten Weg nur finden. Vielleicht lag ihr Lebenszweck darin, die Kinder Lord Fotheringhams mit liebevoller Hand und wohlbemessener Strenge zu gütigen, klugen und tugendhaften jungen Leuten zu erziehen.

Kurze Zeit später betrat sie, vom Schlaf erfrischt und mit neugefundenem Mut, den Gastraum, um ein Frühstück einzunehmen. Sie freute sich, die junge Miss Pritchard dort vorzufinden.

»Guten Morgen, Miss Pritchard. Ich sehe, Sie sind auch noch nicht weitergereist. Darf ich Ihnen Gesellschaft leisten?«

»Sehr gerne. Es war eine anstrengende und aufregende Nacht, nicht wahr? Aber Sie sehen erholt aus, wenn ich das sagen darf.«

»Vielen Dank. Ja, ich fühle mich auch viel besser. Behagliche Wärme, etwas Schlaf und gutes Essen können Wunder bewirken.«

Die Wirtin brachte Tee, noch warme, weiche Brötchen, dicke gelbliche Sahne und Marmelade.

»Das sieht ganz köstlich aus, finden Sie nicht?« Miriam Pritchard lächelte. »Das Wetter ist auch wieder freundlicher, klar und sonnig. Ich finde es wunderhübsch, wie der Schnee alles zugedeckt hat und die Sonne darauf glitzert.«

»Ich möchte meinen, der Kutscher ist anderer Ansicht, was den Schnee betrifft.« Freddie lachte. »Aber Ihre positive Sicht auf die Dinge habe ich zum Anlass genommen, selbst mit mehr Zuversicht in die Zukunft zu blicken.«

»Wirklich?« Miss Pritchard sah sie erstaunt an. »Wissen Sie, ich habe schon gedacht, es ist jammerschade, dass sich unsere Wege so schnell wieder trennen, nicht wahr?«

»Ja, das finde ich auch. Es war mir eine große Freude, Sie kennenzulernen.«

»Nun, ich möchte mich nicht aufdrängen«, sagte ihre junge Reisebekanntschaft zögerlich, »aber ich habe hier die Anschrift der Privatpension, in der ich untergebracht sein werde. Sie gehört meiner Tante. Vielleicht, also, ich meine natürlich, nur wenn Sie es wünschen, könnten Sie mir einmal schreiben.«

»Das werde ich sehr gerne tun«, sagte Freddie und notierte die Adresse in dem winzigen elfenbeinernen Notizbuch, das Gabriel ihr seinerzeit geschenkt hatte.

»Miss Whitehouse?« Die Wirtin war an ihren Tisch getreten. »Ihre Kutsche ist eingetroffen.«

Voller Zuversicht und Hoffnung, dass sich nun alles zum Guten wenden würde, entstieg Freddie einige Stunden später der Kutsche. Der Anblick ihres neuen Zuhauses, Aubrey House, stimmte sie fröhlich. Das rote Ziegelgebäude im Tudorstil mit seinen gezackten Giebeln und vorspringenden Erkern strahlte förmlich im Licht der Wintersonne. Die Gärten lagen still und friedlich da, zugedeckt vom Schnee, der im Sonnenschein funkelte. Aus den vielen schmalen Schornsteinen stieg

Rauch in den blauen Winterhimmel und versprach behagliche Wärme und Komfort.

Freddie wurde von Mrs Stratton, der Hausdame, in Empfang genommen und zu ihrem Zimmer gebracht, damit sie sich umziehen und frischmachen konnte. Im Anschluss wurde sie zum Salon geführt, wo sie sich ihrer Dienstherrschaft vorstellen sollte.

»Mylord, Mylady, Miss Frederica Whitehouse. Das neue Kindermädchen.«

»Ah, ausgezeichnet. Miss Whitehouse.« Lord Fotheringham begrüßte sie mit einer kurzen Verbeugung und einem freundlichen Lächeln. »William Simmons, Earl of Fotheringham und das ist meine Gattin, Countess Fotheringham.«

Der Earl war deutlich älter als seine Gattin. In sein dunkles Haar, das an den Seiten der Stirn bereits lichter wurde, hatten sich schon einige graue Strähnen geschlichen. Freddie schätzte ihn auf etwa vierzig Jahre. Die Countess war höchstens Ende zwanzig und eine aparte, grazile Erscheinung mit goldblondem Haar und graugrünen Augen.

»Sehr erfreut.« Freddie knickste. »Lady Fotheringham, Lord Fotheringham, ich bin glücklich und dankbar, meinen Dienst in Ihrem Hause antreten zu dürfen.«

Lady Fotheringham, die Frederica bis dahin mit skeptischer Miene gemustert hatte, warf ihrem Gatten einen Blick zu, wobei ihr Gesichtsausdruck zwischen Überraschung und Amüsement lag. Dann wandte sie sich Frederica zu.

»Nun, Manieren haben Sie anscheinend. Auch wenn ich mir wünschte, Sie hätten etwas mehr Ähnlichkeit mit einer alten Jungfer – etwas mehr Katechismus und etwas weniger *La Belle Assemblée.* Schließlich möchten wir vermeiden, dass Sie sich gleich mit dem erstbesten Kavalier davonmachen und wir wieder ohne Kindermädchen dastehen, kaum haben die Kinder sich an Sie gewöhnt. Eine hübsche Misere mit unserer Miss Tingwell – oder besser der zukünftigen Mrs Rutherford. Ich dachte nicht daran, dies so bald zu wiederholen.«

»Mylady, ich versichere Ihnen, ich plane nicht ...«

»Ach, Humbug! Machen wir uns doch nichts vor, Miss Whitehouse. Es ist eine allgemein anerkannte Wahrheit, dass ein hübsches junges Ding ohne Vermögen nichts dringender wünscht als einen vermögenden Junggesellen auf Freiersfüßen.« Einer ihrer Mundwinkel hob sich zu einem ironischen Lächeln. »Nun denn, es ist wie es ist. Wir werden wohl mit Ihnen vorlieb nehmen müssen. Man versicherte mir immerhin, dass Sie aus gutem Hause stammen, ausgezeichnet Französisch sprechen, Klavier spielen und recht passabel zeichnen. Ist das korrekt?«

»Ja, Mylady. Das entspricht der Wahrheit.« Die kühle Herablassung der Countess traf Freddie einigermaßen unvorbereitet, und sie musste sich beherrschen, nicht zu zeigen, wie zornig diese Behandlung sie machte. »Ich freue mich darauf, meine Schützlinge kennenzulernen. Lord William, Lady Judith und Master Caspar, nicht wahr?«

»Miss Tingwell erwartet Sie in der Kinderstube und wird Sie mit den Kindern und Ihren Pflichten vertraut machen«, entgegnete die Countess kühl. »Sie wird uns ja gottlob noch eine Woche erhalten bleiben. Die Mahlzeiten werden Sie selbstverständlich gemeinsam mit den Kindern in der Kinderstube einnehmen. Das wäre vorerst alles, Sie dürfen gehen. Mrs Stratton wird Sie hinaufbegleiten.«

»Sehr wohl, Mylady. Vielen Dank.« Freddie schluckte ihren Stolz hinunter. Am liebsten hätte sie dieser unsagbar arroganten Person ordentlich die Meinung gesagt, doch in ihrer neuen Rolle konnte sie sich eine solche fortan nur noch im Privaten erlauben. »Mylord.«

Sie knickste kurz und wandte sich zum Gehen. Lord Fotheringham versuchte sich in so etwas wie einem entschuldigenden Lächeln. Allerdings neigte er nur kurz den Kopf und machte keine Anstalten, den Worten seiner Frau noch etwas Freundliches hinzuzufügen oder sie gar nach Ihrer Reise zu fragen.

Freddie hatte fast die Tür erreicht, als Lady Fotheringham sie zurückhielt.

»Ach, und noch etwas, Miss Whitehouse. Ich würde mir wünschen, dass Sie sich in Zukunft etwas mehr Ihrer Stellung angemessen kleiden. Gedeckte Farben, Wolle, Leinen, praktisch, keine Extravaganzen.«

»Selbstverständlich, Mylady.« Dass die Countess Anstoß an ihrer Kleidung genommen hatte, die Freddie zwar als modisch, keinesfalls aber als extravagant bezeichnet hätte, war ihr zwar schon bei deren Erwähnung des bekannten Modemagazins klargewesen, dennoch traf die Bemerkung sie. Denn ihr wurde zunehmend klar, wie schwer es noch werden würde, sich an ihren neuen Status zu gewöhnen. Als Tochter eines Barons und hoffnungsvolle, zukünftige Viscountess hatte niemand es je gewagt, so mit ihr zu sprechen. Sie zwang sich, zu lächeln.

»Das wäre dann alles. Sie dürfen gehen.«

6

SIR THOMAS DE CLAIR

»Werden Sie bis zum Abend warten und die nächste Postkutsche nach London nehmen?«, fragte Sir Thomas, als sie die Herberge betraten und sich aus ihren Mänteln schälten. »Wir könnten auch versuchen, eine private Chaise aufzutreiben, und den Rest der Strecke gemeinsam zurücklegen.«

»Gegen etwas mehr Komfort hätte ich nichts einzuwenden, Sir Thomas«, entgegnete der alte Earl. »Die Reise war ein recht ungeplanter Einfall. Ich hätte es vorgezogen, meine eigene Kutsche zu nehmen, doch die habe ich in einem Akt spontaner Ritterlichkeit einer Person zur Verfügung gestellt, die den Komfort in diesem Moment weit nötiger hatte als ich, und so habe ich in aller Eile dieses Arrangement getroffen und es nicht eine Sekunde bereut«, erklärte Chester mit einem gutmütigen Sarkasmus, den Sir Thomas durchaus sympathisch fand. Sie betraten den Schankraum, von dem man durch einen Türbogen in den dahinterliegenden Gastraum sehen konnte.

»Möchten Sie mir beim Essen Gesellschaft leisten, de Clair? Der Gastraum sieht doch recht behaglich aus.«

»Nehmen Sie es mir nicht übel, Chester, nach diesem nächtlichen Abenteuer bevorzuge ich ein wenig private Zurückgezogenheit. Gleich morgen früh werde ich mich um die Anmietung einer Chaise kümmern.«

»Vielen Dank. Ich wünsche Ihnen einen angenehmen Abend und eine gute Nacht.« Der Earl verneigte sich und verschwand durch den Türbogen im Gastraum, während Sir Thomas sich von der Wirtin in ein privates Speisezimmer bringen ließ, wo er zu Abend aß, um sich dann schlafen zu legen. Nachdem er gegessen hatte, ging er aufs Zimmer, hängte seine Jacke an einen Haken, zog den Brief aus der Innentasche und setzte sich damit ans Feuer.

Er hatte die Zeilen schon so oft gelesen und jedes Mal wieder riefen sie dasselbe Bild in ihm wach. Der Augenblick, in dem er sie zum ersten Mal gesehen hatte, stand ihm noch so klar vor Augen, als sei es erst gestern gewesen, dabei lag er in Wahrheit mehr als zehn Jahre zurück. Es war auf einem privaten Ball gewesen, den Lady Huntingdon ausgerichtet hatte. Im Mai war es gewesen. Gegen Abend hatte es einen leichten Regen gegeben, und als er aus der Kutsche stieg, war die Luft erfüllt von diesem besonderen Duft: bedeutungsschwer, erdig und voll vom Aroma zahlreicher Blüten. In dem Augenblicke hatte er gewusst, dass ihm heute etwas Gutes begegnen würde. Wenn er die Augen schloss, war ihm, als könnte er diesen Duft noch immer wahrnehmen.

Er hatte sie gleich gesehen, als er den Ballsaal betrat. Das rabenschwarze Haar, aus dem sich vorne einige Locken bis fast auf ihre weißen Schultern herabringelten. Wie ein Vorhang umrahmten sie das fein geschnittene Gesicht mit dem so verlockenden pfirsichfarbenen Mund. Er erinnerte sich noch genau, wie er Fernside, seinen Begleiter an jenem Abend, auf sie aufmerksam gemacht hatte.

»Kennst du die junge Dame dort?«

Fernside reckte den Hals und sah in die Richtung, die er ihm angezeigt hatte.

»Die in dem hellblauen Kleid? Mit den schwarzen Haaren?«

»Nun starr doch nicht so hinüber. Das gehört sich nicht.«

»Sie gefällt dir wohl.« Fernside sah ihn amüsiert an. »Möchtest du mit ihr tanzen?«

»Ja!«, rief er mit etwas zu viel Enthusiasmus und setzte etwas leiser hinzu: »Kennst du sie denn? Kannst du uns miteinander bekanntmachen?«

»Leider nein«, entgegnete Fernside. »Ich habe sie noch nie gesehen.«

Doch sein Gesichtsausdruck verriet, dass das noch nicht alles war. Offenbar hatte er noch einen Trumpf im Ärmel und wollte seinen Bekannten nur noch etwas zappeln lassen. Sir Thomas hatte für derlei Spiele keine Geduld. Er brannte darauf, die schöne Unbekannte kennenzulernen.

»Nun komm schon. Was weißt du, was ich nicht weiß? Du hast doch noch irgendetwas, das du mir nicht sagst.«

Fernside lachte. »Es scheint dir ja wirklich ein dringendes Bedürfnis zu sein, die Dame kennenzulernen. Also gut, ich will nicht so sein. Du hast Glück, mein Freund, denn zufällig kenne ich den Herrn dort drüben. Das ist Baron Wentworth. Es hat den Anschein, als gehöre sie zu der Gruppe seiner Bekannten. Möglicherweise kann er euch bekanntmachen.«

Sie durchquerten den Raum und Fernside begrüßte Wentworth und stellte Sir Thomas vor.

»Es ist mir ein Vergnügen, Sie kennenzulernen, Sir Thomas. Darf ich Sie mit meiner Gattin und meiner Nichte bekanntmachen? Lady Wentworth und Miss Isabella Mead.«

Er erinnerte sich noch genau, wie überrascht er über den vollen und warmen Klang ihrer Stimme war und wie er sie zum Tanzen aufgefordert hatte. Noch heute glaubte er, dass in ihren Augen ein besonderer Glanz gelegen hatte. In ihren Worten, ihren Blicken und ihrer Haltung hatte ein Versprechen gelegen, das ihn hatte hoffen lassen. Joffen, dass sie empfand wie er und dass sie sich bald wieder begegnen würden.

Damals hatte er allerdings nicht ahnen können, dass die Umstände dieses Wiedersehens so leidvoll anders sein würden als in seinen Träumen. Wie vom Donner gerührt hatte er dagestanden und Marley die Worte sagen hören, die seine Hoffnungen mit einem Schlag hinweggefegt hatten.

»De Clair, darf ich dir meine Verlobte vorstellen? Das ist Miss Isabella Mead. Isabella, mein alter Freund De Clair.«

Er hatte geglaubt, die eigene Erschrockenheit in ihrem Gesicht gespiegelt zu sehen, und es hatte ihn all seine Kraft gekostet, sich zusammenzureißen und sich nicht anmerken zu lassen, welcher vernichtende Wirbelsturm in seinem Innern tobte.

Oft hatte er sich gefragt, ob es leichter gewesen wäre, den Schlag zu verkraften, wäre es nicht ausgerechnet Marley gewesen. Sein Jugendfreund, mit dem er bis dahin alles geteilt und dem er nie etwas geneidet hatte. Hätte er es leichter verwinden können, wäre sie mit einem Fremden verlobt gewesen?

Er hatte diese Gefühle nicht gewollt, hatte sich nach Kräften dagegen gewehrt, doch er hatte nicht verhindern können, dass seine Enttäuschung sich in Neid verwandelte, der wie ein schleichendes Gift wirkte, das nach und nach einer jahrelangen Freundschaft den Tod gebracht hatte.

Wie oft hatte er sich gewünscht, er hätte die Charakterstärke besessen, seinem Freund, der ihm doch stets lieb und teuer gewesen war, von Herzen gönnen zu können.

Und jetzt war Marley tot, und Isabella hatte ihn eingeladen, sie in London im Haus ihrer Schwester zu besuchen, wo sie sich aufhielt, bis sie eine passende neue Bleibe gefunden hätte. Wieder überflog Sir Thomas die Zeilen.

Ich weiß, dass Marley es stets bereut hat, dass Ihre Freundschaft damals zerbrach. Noch auf dem Sterbebett sprach er davon, dass er es bedauerte, nicht den Versuch gemacht zu haben, mit Ihnen wieder ins Reine zu kommen. Aber es gibt noch mehr, das ich Ihnen sagen möchte, jedoch würde ich dies aufgrund der sehr persönlichen Natur dieser Dinge lieber von Angesicht zu Angesicht tun.

Was nur wollte sie ihm so Dringendes mitteilen und warum bestand sie darauf, es persönlich zu tun? Konnte es sein, dass sie ... Nein, das durfte er nicht einmal denken. Was war er für ein Mensch! Isabella war eine trauernde Witwe, die Witwe seines einstmals besten Freundes.

Wieder regte sich dieses Gefühl, das ihn in den Jahren seit jenem fatalen Ausritt immer wieder gequält hatte.

Marley war tot, und Isabella war frei. War es nicht das, was er insgeheim immer erhofft hatte?

Noch immer befiel ihn diese dumpfe Übelkeit, wenn er daran dachte, dass Marley schon an jenem unheilvollen Novembertag sein Leben hätte lassen können und es schierem Glück verdankte, dass er noch weitere zehn Jahre auf Erden hatte fristen dürfen. Immer wieder hatte er sich die Frage gestellt, ob er den Unfall unbewusst herbeigeführt hatte.

Er hatte doch gewusst, dass der Sprung riskant war und dass der Rappe dabei immer Schwierigkeiten gehabt hatte. Es war schließlich sein Pferd gewesen. Er kannte dessen Schwächen und er kannte das Gelände. Er hätte es wissen müssen. Hatte er es insgeheim darauf angelegt? Eine Frage, die Sir Thomas sich seit zehn Jahren stellte und auf die er keine Antwort fand.

7

MISS MIRIAM PRITCHARD

Miriam fand es ein wenig schade, dass ihre junge Reisegefährtin so bald abgeholt worden war, und hoffte, sie würde ihr Versprechen wahrmachen und ihr schreiben, wenn sie sich in ihrer neuen Stelle eingerichtet hatte.

Miriam war sehr gespannt auf ihre Tante und ihren Cousin, den Buchhändler. Sie hatte das Gefühl, die beiden schon längst zu kennen, denn Papas jüngere Schwester Augusta, die in London lebte und dort eine Pension betrieb, schrieb gern und ausführlich. Schon als kleines Mädchen hatte Miriam es geliebt, wenn ein Brief von Tante Augusta aus London kam. Mama hatte sie stets in Gänze vorgelesen, wenn die Familie im Salon zusammenkam. Für Miriam war London, seit sie denken konnte, ein Sehnsuchtsort gewesen, den sie aus den lebhaften Erzählungen ihrer Tante gut zu kennen glaubte. Mit seinen großen Plätzen, dem regen Treiben auf den belebten Straßen, den zahlreichen Geschäften, in denen es alles zu kaufen gab, das sich ein Mensch nur vorstellen konnte – vorausgesetzt man verfügte über die nötigen finanziellen Mittel.

London mit seinen Theatern, Kirchen und Museen, den großen Parks und Gärten und vielerlei Vergnügungen und natürlich dem Palast, in dem der Prinzregent lebte und die Geschicke eines ganzen Landes lenkte.

Miriam stellte sich all das herrlich vor. In solch einer großen Stadt gab es so vieles zu entdecken, dass jeder

Tag zum Abenteuer geraten musste. Für sie hatte schon lange festgestanden, dass sie eines Tages selbst dorthin reisen würde.

Ihrer Tante verdankte sie, dass sie diesen langgehegten Wunsch nun in die Tat umsetzen und allein in die Hauptstadt reisen durfte.

Sie war neugierig auf ihren Cousin, Mr. Sawyer. Er war der Sohn von Papas älterer Schwester, die einen Kaufmannssohn geheiratet hatte, der sich in London eine Buchhandlung aufgebaut hatte, und musste der glücklichste Mensch auf Erden sein. Denn sie war der festen Überzeugung, dass es auf der Welt keinen besseren Beruf geben konnte als den eines Buchhändlers. Die Briefe ihrer Tante hatten ein so lebendiges Bild des Geschäfts an der Piccadilly vor ihren Augen entstehen lassen, dass sie fast glaubte, schon einmal dort gewesen zu sein. Wie sehr hatte sie sich gewünscht, es eines Tages tatsächlich und wahrhaftig betreten und jedes einzelne der Bücher berühren und aufblättern zu können. Daher konnte sie es nun kaum mehr abwarten, endlich nach London zu kommen. Allerdings ging die nächste Postkutsche erst am späten Abend und sie würde die Zeit in der Herberge in Dunstable verbringen müssen. Sie war froh, die Mahnung ihrer Mutter in den Wind geschlagen, und noch einige Bücher in den Koffer gesteckt zu haben.

Als sie um vier Uhr in der Frühe London erreichten, war es draußen noch so dunkel, dass sie kaum etwas erkennen konnte. Einzig die neuartigen Gaslaternen, die in diesem Jahr an vielen Straßen der Stadt aufgestellt worden waren und von denen Tante Augusta ausführlich berichtet hatte, brachten Licht in das winterliche Dunkel der Straßenzüge, die vor dem Fenster vorbeizogen. Miriam war erstaunt, dass trotz der frühen Stunde bereits reger Betrieb zu herrschen schien. Dienstboten und Händler eilten geschäftig durch die verschneiten Straßen und je näher sie dem Stadtkern kamen, desto mehr Karren, Kutschen und Fuhrwerke begegneten ihnen.

Als die Postkutsche das *Bull and Mouth Inn* erreichte, wurde Miriam dort bereits erwartet. Ihre Tante hatte Mr Follett, einen Angestellten der Pension, und Alice, eines der Dienstmädchen, geschickt, um sie dort abzuholen und zur Pension zu begleiten. Auf dem Weg dorthin wurde es allmählich etwas heller, und Miriam wusste gar nicht, wohin sie zuerst schauen sollte, überall gab es so viel zu sehen. Besonders beeindruckend war die Brückenbaustelle, die sie in der Nähe von Somerset House in der Ferne sehen konnte. Unter den Rädern der zahlreichen Fuhrwerke hatte sich der Schnee in einen graubraunen Matsch verwandelt, der aufspritzte, wenn die Droschke durch ein Schlagloch in der Straße fuhr.

Schließlich hatten sie die Pension erreicht, die in einem schlichten Backsteingebäude in einer Seitenstraße der King Street untergebracht war. Nachdem sie so viele große und prächtige Gebäude gesehen hatte, war Miriam fast ein wenig enttäuscht von dem schmucklosen dreigeschossigen Klotz aus rotem Ziegel.

Während Follett sich um das Gepäck kümmerte, führte Alice sie ins Haus, wo Tante Augusta sie bereits erwartete.

»Miriam, Kind! Wie schön, dich endlich einmal in Fleisch und Blut vor mir zu sehen, nachdem ich so viel von dir gehört habe.« Sie ergriff Miriams Hände und betrachtete sie mit schiefgelegtem Kopf. »Du bist das Ebenbild deines Vaters, aber die Augen, die hast du von deiner Mama.«

Sie lachte und drückte Miriam an sich. Die war einigermaßen erleichtert, dass es offenbar bei Tante Augusta nicht allzu förmlich zuging. Allerdings hatte sie bereits durch deren Briefe den Eindruck gewonnen, dass es sich um eine lebenslustige und warmherzige Frau handelte.

»Ich hoffe, die Reise war nicht allzu strapaziös und du hast dich bei dem Unfall nicht verletzt.«

»Dann habt ihr meine Nachricht erhalten? Ich dachte mir, dass ihr gewiss auf das Eintreffen der Postkutsche warten würdet und euch Sorgen macht, wenn ich nicht darin sitze. Also habe ich dem Kutscher die Nachricht mitgegeben.«

»Das war sehr umsichtig von dir. Wir hätten uns tatsächlich große Sorgen gemacht. Aber nun komm erst einmal in die Stube. Wenn Follett das Gepäck hinaufgebracht hat, kannst du auf dein Zimmer gehen. Ich habe dir eines im ersten Stock richten lassen. Dort sind auch einige der Gästezimmer untergebracht. Gleich werde ich dir noch die anderen Räumlichkeiten zeigen, vor allem das Speisezimmer, in dem die Mahlzeiten serviert werden.

Beim Frühstück wird Mrs Barlow heute einmal ohne mich auskommen müssen. Das ist die Hausdame. Ich werde dich gleich noch bekanntmachen. Aber erst einmal wärmst du dich auf, trinkst eine schöne Tasse Tee und erzählst mir von der Reise und eurem Unfall.«

Tante Augusta führte Miriam in ihr privates Wohnzimmer, das schlicht, aber behaglich eingerichtet war. Hier fühlte sich Miriam auf Anhieb wohl. Erst recht, als sie das gut bestückte Bücherregal entdeckt hatte. Hier würde sie sich gewiss bald zuhause fühlen.

Am nächsten Morgen brach Miriam schon früh auf und ließ sich von einer Mietdroschke in die Piccadilly fahren, wo sie vor der kleinen Buchhandlung ihres Cousins ausstieg. Das Geschäft sah genau so aus, wie sie es sich nach den Schilderungen ihrer Tante im Geiste ausgemalt hatte.

Der schmale dreigeschossige Sandsteinbau mit den weißen Sprossenfenstern hatte im Erdgeschoss zwei große Bogenfenster, zwischen denen die zweiflüglige Eingangstür zum Ladenlokal lag. Auf dem hölzernen Gurtsims über den Fenstern war in hübschen schwarzen Lettern der Name der Buchhandlung aufgemalt: Sawyer & Co. Booksellers.

Durch die hohen Sprossenfenster konnte Miriam das Innere des Ladengeschäfts sehen. Deckenhohe, zum Bersten gefüllte Bücherregale und ein halbrunder Verkaufstresen, auf dem, ansprechend drapiert, weitere Bücher und Journale auslagen. Sie war im Paradies angekommen!

Eine Weile verharrte Miriam beinahe ehrfürchtig auf dem gegenüberliegenden Trottoir, bevor sie beherzt auf die weiße Flügeltür zuschritt und den Laden betrat.

Eine Traube kleiner Glöckchen kündigte ihren Besuch an und kurz darauf tauchte aus einem Hinterzimmer ein Herr in einem dunkelblauen Jackett und hellen Hosen auf. Er mochte etwa Mitte oder Ende zwanzig sein und seine braunen Haare und sein herzförmiges Gesicht verrieten eine gewisse Familienähnlichkeit.

»Mr Sawyer, nehme ich an?«

Der Herr lächelte.

»Richtig. Dann müssen Sie Cousine Miriam aus Bangor sein. Aber ich bestehe darauf, dass Sie mich George nennen.«

»Sehr gerne«, Miriam lächelte. »Ich bin Ihnen so dankbar, dass ich hier arbeiten darf.«

»Aber das ist doch selbstverständlich. Sie wissen doch, Blut ist dicker als Wasser, und Familie muss zusammenhalten.« George Sawyer lächelte und winkte Miriam heran. »Kommen Sie, ich werde Ihnen alles zeigen. Und dann müssen wir Ihnen passende Kleider anfertigen lassen.«

»Oh, ist meine Kleidung unpassend? Das tut mir leid, das wusste ich nicht.«

Sawyer schüttelte den Kopf.

»Durchaus nicht, liebe Cousine. Ich dachte nur, es wäre nett, wenn alle Angestellten der Buchhandlung gleich als solche zu erkennen sind. Eine Art Uniform also. Was meinen Sie?«

»Das erscheint mir eine gute Idee.« Miriam wandte sich nach allen Seiten um. »Herrlich! So viele Bücher. Mehr als ein Mensch in seinem Leben lesen kann.«

Sawyer lachte.

»Ich sehe schon, wir werden uns prächtig miteinander verstehen. Kommen Sie, ich werde Ihnen nun alles Wichtige zeigen.«

8

Lord Chester

Am *Bull and Mouth Inn* angelangt, verabschiedete Chester sich von Sir Thomas de Clair und suchte Hancock auf, seinen Kammerdiener, der vorausgereist war, damit er sich in London um alles Nötige kümmern konnte. Anstatt wie gewohnt sein Stadthaus in der Brooke Street zu beziehen, hatte er dieses Mal beschlossen, eine private Unterkunft zu nehmen. Sein spontaner Aufbruch hatte zu wenig Zeit zur Vorbereitung gelassen. Er wäre sich allein in dem großen Haus ohnehin verlassen vorgekommen.

Sie nahmen eine Mietdroschke zur Piccadilly, wo Hancock eine Unterkunft für ihn arrangiert hatte.

»Haben Sie bereits etwas herausfinden können, mein Bester?« Chester sah Hancock erwartungsvoll an.

»Allerdings, Mylord. Die Dame wohnt tatsächlich in London. Sie betreibt offenbar eine Pension in der Nähe der King Street.«

»Ah, hervorragend Hancock. Ich zahle Ihnen zu wenig.«

Der Kammerdiener lächelte.

»Selbstverständlich liegt es mir fern, Eurer Lordschaft zu widersprechen.«

»Ein ganz und gar scheußliches Wetter ist das, nicht wahr?«, bemerkte Chester.

»Allerdings, Mylord. Ich bin froh, dass ich noch vor dem Schneefall aufgebrochen bin. Als die Postkutsche verspätet und ohne Sie eintraf, war ich bereits in größter Sorge. Der Kutscher jedoch konnte mich aufklären, was geschehen war. Ich dachte mir, Sie würden gewiss eine private Chaise gemietet haben.«

»Und so war es dann ja auch. Nur ein kleiner Zwischenfall, nicht weiter der Rede wert«, wehrte Chester ab. »Es ist immerhin niemandem etwas Schlimmes zugestoßen.«

»Wenn ich mich umgezogen und ein wenig ausgeruht habe, gedenke ich, bei White's vorbeizuschauen. Ich werde dort auch zu Abend essen, dann müssen wir keine anderen Arrangements treffen.«

»Sehr wohl, Mylord. Ich werde mich gleich um das Gepäck kümmern und Ihnen dann beim Ankleiden zur Hand gehen.«

Die Räumlichkeiten, die Hancock angemietet hatte, entsprachen ganz Chesters Vorstellungen. Hier würde es sich eine Weile aushalten lassen, auch wenn die Unterkunft längst nicht den Komfort bot, den Lord Chester gewohnt war. Dem Zweck jedoch war sie vollkommen angemessen.

Ausgeruht und in frischen Kleidern traf Chester etwas später in der St. James's Street ein und betrat das helle Sandsteingebäude mit der palladianischen Fassade und dem berühmten Bogenfenster. Hier hatte Beau Brummell mit seinem Dandyclub Hof zu halten gepflegt, bevor er bei seiner Majestät dem Prinzregenten in Ungnade gefallen war.

Gleich beim Eingang begegnete Chester Lord Archibald Beresford, der ihn erstaunt ansah.

»Nanu, Chester, ich wusste gar nicht, dass Sie bereits in der Stadt sind. Das Parlament wird doch erst im Februar eröffnen.«

»Gewiss, Beresford. Ich habe in der Stadt einige private Angelegenheiten zu regeln. Dasselbe könnte ich allerdings Sie fragen.«

»Richtig. Meine Gattin behauptete, sie könne keinen Tag länger ohne ein Theater in der Nähe aushalten, und es hat sich bewährt, der holden Weiblichkeit nicht zu widersprechen.«

Chester lachte.

»Ihre Ladyschaft führt offenbar ein strenges Regiment.«

»O nein, mein Freund, Sie müssen sich meinetwegen nicht sorgen. Meine Gattin weiß, mit zarter Hand und weiblichem Liebreiz zu regieren.«

»Oh, die süße Knechtschaft der Liebe!« Lord Chester lächelte. »Ich hoffe, Ihre Ladyschaft und das Kind sind wohlauf?«

»Es geht Ihnen ausgezeichnet, vielen Dank. Der Junge gedeiht prächtig. Ich könnte zufriedener nicht sein.«

»Möchten Sie mir beim Essen Gesellschaft leisten oder haben Sie schon gespeist?«, fragte Lord Chester.

»Gern. Nur vom Kartenspiel sollte ich mich für heute fernhalten«, entgegnete Beresford. »Es scheint für mich kein besonders glücklicher Tag zu sein, was das angeht.«

»Dann wollen wir Fortuna nicht herausfordern und lieber Dionysos huldigen«, befand Chester und bestellte Steak und Wein für sie beide.

Bei angenehmer Unterhaltung, gutem Essen und Wein vergingen die Stunden, und Chester wurde langsam schläfrig.

»Ich hoffe, Sie verzeihen, wenn ich mich zurückziehe, Beresford. Ich bin gerade heute erst angekommen und die Reise steckt mir noch in den Knochen.«

»Wenn Sie nichts dagegen haben, werde ich mich Ihnen anschließen. Sie werden sicher noch eine Weile in der Stadt sein, nicht wahr?«

»Gewiss«, bestätigte Chester. »Vermutlich werden wir uns noch häufiger sehen, da ich Junggesellenquartier bezogen habe und gedenke, im Club zu speisen.«

Als die beiden Herren die Treppe herunterkamen, war aus dem Billardzimmer ein Tumult zu hören und kurz darauf erschienen in der Tür zwei Gentlemen, die einen dritten, der sich heftig wehrte, in die Mitte genommen hatten und mit sanfter Gewalt aus dem Raum begleiteten.

»Niemand macht sich ungestraft über mich lustig. Ich verlange Genugtuung!«, rief dieser, ein junger Stutzer mit dunkelbraunen Locken, und versuchte, sich loszureißen. Er klang, als habe er reichlich dem Alkohol zugesprochen. »Lass gut sein, Fairford. Du hast ordentlich einen in der Krone und solltest lieber nach Hause fahren und deinen Rausch ausschlafen.« Die beiden Begleiter des jungen Herren lachten und wiesen einen Angestellten an, eine Droschke zu rufen.

»Ich will aber noch nicht nach Hause!«, protestierte der junge Gentleman. Es gelang ihm, sich loszureißen, was ihn jedoch ins Taumeln brachte. Lachend hakten seine beiden Freunde den Schwankenden unter, ließen sich Mäntel und Hüte bringen und begleiteten den jungen Mann hinaus.

Während Lord Chester und sein Freund Beresford sich ihre Mäntel bringen ließen, kamen die beiden Herren bereits zurück.

»Ich hoffe, er wird keinen Unsinn machen. Vielleicht hätte ich mitfahren sollen«, überlegte der ältere von ihnen. Dann bemerkte er Lord Beresford und verneigte sich.

»Beresford, ich sehe, Sie wollen gerade gehen? Wie schade, ich hatte gehofft, Sie noch zu einer Revanche fordern zu können.«

»Heute nicht mehr, mein Freund. Vielleicht ein anderes Mal.« Beresford griff nach seinem Hut. »Wer war denn der renitente, junge Bursche?«

»Cedric Brandon, Viscount Fairford. Lord Hillsboroughs Ältester. Der Ärmste hat Liebeskummer. Seine Verlobte hat ihn vor Kurzem verlassen, und es hat ihm das Herz gebrochen.«

»Na, er trägt es anscheinend mit Fassung«, kommentierte Chester lachend.

»Er wird sich gewiss wieder einkriegen. Ich wollte ihn mitnehmen zum Covent Garden, dort hätte sich gewiss eine Schönheit gefunden, die ihn über den Verlust hinweggetröstet hätte. Aber davon wollte er nichts wissen. Hat sich lieber in die Trunkenheit geflüchtet.« Der Gentleman zuckte mit den Schultern und schüttelte lachend den Kopf.

»Die Seelen nun, denen das Fatum andere Leiber bestimmt, schöpfen aus Lethes Welle heiteres Nass, so trinken sie langes Vergessen«, zitierte Chester.

Lord Beresford sah ihn an. »Homer?«

»Vergil.« Chester lächelte. »Nun, wir wollen aufbrechen. Einen vergnüglichen Abend noch, die Herren.«

Er verabschiedete sich von Beresford und bestieg eine der bereitstehenden Mietdroschken, die ihn zu seiner Unterkunft an der Piccadilly bringen sollte. Gleich am nächsten Vormittag würde er der Pension von Miss Pritchard einen Besuch abstatten. Wenn er Glück hatte, würde sie ihm bei der Frage nach dem Verbleib seiner Tochter Elizabeth entscheidende Hinweise liefern können. Dies war bisher die einzige halbwegs erfolgversprechende Spur. Darauf ruhte seine gesamte Hoffnung. Wenn sich herausstellen sollte, dass die Dame ihm keinen Hinweis liefern konnte …

Darüber wollte Chester gar nicht erst nachdenken.

9

MISS FREDERICA WHITEHOUSE

»Nun, dann bleibt mir nur, Ihnen alles Gute zu wünschen, Miss Whitehouse.« Miss Tingwell blickte sich noch einmal in der Kinderstube um, lächelte und reichte Freddie zum Abschied die Hand. Es war kaum zu glauben, dass bereits eine Woche vergangen war.

»Ich werde Sie vermissen«, gab Frederica wahrheitsgemäß zu. Sie hatte die Gesellschaft ihrer Vorgängerin sehr zu schätzen gewusst, denn sie hatte bald feststellen müssen, dass es sich als Kindermädchen recht einsam lebte, auch wenn man stets von Leuten umgeben war. Die einfachen Dienstboten behandelten sie aufgrund ihrer Nähe zur Herrschaft und ihrer herausgehobenen Stellung mit vorsichtiger Zurückhaltung, jedoch war sie genauso wenig Teil der Familie. Lord Fotheringham hatte sie in diesen Tagen kaum zu Gesicht bekommen, und die Countess begegnete ihr mit förmlicher Distanziertheit. Die Kinder, von denen das älteste, Lord William, bereits fünfeinhalb Jahre alt war, waren recht lebhaft und hingen an Miss Tingwell. So gab es Tränen und Wutgeheul, und Lady Judith hatte den festen Willen gefasst, das neue Kindermädchen aus tiefster Kinderseele zu hassen. Sie konnte noch nicht begreifen, warum ihre innig geliebte Miss Tingwell sie verließ, auch wenn diese sich alle Mühe gegeben hatte, es ihr zu erklären. Indes hatte Lady Judith einen Schuldigen ausgemacht: Freddie. In ihrer kindlichen Vorstellung hatte die Miss Tingwell böswillig verdrängt, und daran war vorerst auch nicht zu rütteln, denn sie verfügte über einen ausdauernden Starrsinn, wie ihn nur Vierjährige und bisweilen alte, griesgrämige Männer in dieser Vehemenz zum Ausdruck bringen konnten. Der zweijährige Master Caspar war noch zu jung, um all das zu begreifen. Ihm war es einerlei, wer ihn umsorgte und mit ihm spielte. Und so war er – neben Miss Tingwell selbst – das einzige Mitglied dieses Haushalts, das Freddie mit unvoreingenommener Neugier und Wohlwollen begegnete.

Miss Tingwell sah kurz über die Schulter, um sich zu vergewissern, dass sie allein waren und senkte die Stimme.

»Es wird nicht leicht werden, Miss Whitehouse. Unsere Profession ist ein hartes Brot. Ich hoffe, Sie werden glücklicher in diesem Haus, als ich es war.« Sie lächelte. »Aber ich rate Ihnen dringend, es mir gleichzutun und sich einen anständigen Mann zu suchen, der Sie zur Frau nimmt. Sie sind eine junge, attraktive Frau mit guter Bildung und einem soliden Familienhintergrund. Gewiss finden Sie schnell jemanden.«

»Ja, sicher, gewiss.« Freddie nickte. »Ich wünsche Ihnen alles Gute für Ihre Zukunft, Miss Tingwell. Vielleicht kommen Sie uns noch einmal besuchen.«

»Wenn, dann täte ich es nur der Kinder und Ihretwegen«, flüsterte diese und lachte. »Mich zieht es nicht zurück an meine alte Wirkungsstätte. Leben Sie wohl, Miss Whitehouse.«

Damit drehte sie sich um und ging. Und Freddie blieb allein zurück, ihrer einzigen erwachsenen Gesprächspartnerin beraubt.

Mit einiger Mühe und dem Versprechen, einen Schneemann zu bauen, gelang es Freddie am Nachmittag schließlich auch Lady Judith dazu zu bringen, sich anzuziehen und mit hinaus in den Garten zu gehen. Die Kleine beäugte sie dennoch weiterhin mit unverhohlenem Misstrauen.

Den zweijährigen Caspar auf der Hüfte und Lord William an der behandschuhten Hand gefasst, trat Frederica hinaus in die klare, eisige Winterluft. Lady Judith folgte mit vor der Brust verschränkten Armen.

Sie waren gerade die Stufen in den Hof hinuntergelaufen, als ein Reiter herangeprescht kam.

»Papa!«, rief Lord William, und nun erkannte auch Freddie Lord Fotheringham, der sich aus dem Sattel schwang und sie begrüßte, während er dem Pferd den Hals tätschelte und es dem hinzueilenden Stallburschen überließ.

»Guten Tag, Miss Whitehouse. Ein wunderschöner Nachmittag, nicht wahr?« Er schenkte ihr ein freundliches Lächeln, das kleine Fältchen um seine Augen zauberte. »Sie leben sich ein, wie ich sehe?«

»Ja, vielen Dank, Mylord. Ich finde mich langsam zurecht. Miss Tingwell war mir dabei eine große Hilfe.«

»Ich bin überzeugt, Sie werden Ihre Sache ganz wunderbar machen. Nicht wahr, William? Judith? Ihr werdet hübsch artig sein und Miss Whitehouse keinen Kummer machen. Ich bin sicher, ihr werdet sie bald recht lieb gewinnen.«

Lady Judith schob die Unterlippe vor.

»Ich will Miss Tingwell! Ich habe nur Miss Tingwell lieb!«

Lord Fotheringham hob entschuldigend die Schultern. »Aber natürlich, mein Liebes. Wir alle hatten Miss Tingwell sehr gern, aber sie wird heiraten und eigene Kinder haben. Du wirst dich an Miss Whitehouse gewöhnen.«

»Nein! Niemals!« Lady Judith stampfte mit dem Fuß auf.

Der Earl lächelte Freddie aufmunternd zu.

»Machen Sie sich nichts daraus. Judith hat einen recht ausgeprägten Willen.« Er senkte die Stimme und beugte sich vor. »Das hat sie von ihrer Mutter. Die kann bisweilen auch sehr eigensinnig sein. Ich hoffe, Sie haben es sich nicht zu Herzen genommen. Aus meiner Gattin sprach noch die Enttäuschung über Miss Tingwells Abschied. Als sie ihre Absicht erklärte zu heiraten, war das zunächst ein Schock für uns alle. Ein gutes Kindermädchen findet sich nicht so leicht, und wir waren mit Miss Tingwell sehr zufrieden.«

»Ja, natürlich, Mylord. Das verstehe ich. Es war gewiss nicht böse gemeint.« Freddie lächelte. Die Freundlichkeit des Earls tat ihr gut und half, die düstere Ahnung zu verscheuchen, die Miss Tingwells Abschiedsworte geweckt hatten. Möglicherweise würde es doch nicht so unerträglich werden, wie sie befürchtete.

»In einer Sache gebe ich Ihrer Ladyschaft allerdings recht. Es mag einem fast wie Verschwendung vorkommen, wenn ein so attraktives und charmantes Geschöpf wie Sie seine Zeit in der Kinderstube fristen soll. Sie würden einen Mann sehr glücklich machen können.«

Ein dumpfes Gefühl breitete sich in Freddies Magen aus. Wie sollte man angemessen auf eine so unangenehm vertrauliche Bemerkung reagieren?

»Ja, ich, äh, gewiss, Mylord. Nun, wir sollten gehen, ich habe den Kindern einen Schneemann versprochen.«

»Gehen Sie nur, Miss Whitehouse und geben Sie Acht, dass der Ärmste bei ihrem Anblick nicht dahinschmilzt.«

Ein unangenehmes Prickeln lief von ihrem Nacken über die Kopfhaut. Der kleine Lord William zerrte ungeduldig an ihrer Hand.

»Auf Wiedersehen, Mylord«, stotterte Freddie und ließ sich fortziehen. Das mulmige Gefühl blieb. Hatte Lord Fotheringham nur freundlich sein wollen und war dabei ein wenig übers Ziel hinausgeschossen, oder stand etwa zu befürchten, dass er sich ihr in unangemessener Weise nähern könnte?

Eine nicht auszudenkende Katastrophe, denn wie sollte man sich unerwünschter Avancen erwehren, wenn man auf das Wohlwollen desselben Mannes seine Existenz gründete? Und es stand wohl kaum zu erwarten, dass Lady Fotheringham in einer solchen Situation Partei für sie ergreifen würde.

Freddie versuchte, die düsteren Gedanken zu verdrängen. Womöglich hatte sie sich geirrt und zu viel in die Bemerkungen des Earls hineingelesen. Möglicherweise machte er jungen Damen einfach gern Komplimente und tändelte ein wenig, ohne dabei jedoch die Grenzen des Schicklichen gänzlich zu übertreten. Sie dachte an Miss Pritchard und an ihren eigenen Entschluss, die Dinge nicht immer gleich so düster zu sehen. *Oft verbergen sich in scheinbar unglücklichen Umständen die erstaunlichsten Möglichkeiten.* Damit hatte Miss Pritchard in all ihrer jugendlich, enthusiastischen Naivität etwas sehr Weises gesagt. Sie wollte sich nicht weiter Gedanken darüber machen, was alles passieren könnte.

»Nun kommt. Wir wollen die dicke Kugel für den Bauch unseres Schneemanns rollen!«, rief sie den Kindern zu.

Am Abend, als sie die Kleinen zu Bett gebracht und in ihrem Zimmer ihre einsame Abendmahlzeit eingenommen hatte, beschloss sie, noch eine Weile zu lesen, und stellte fest, dass sie ihr Buch neben dem Sessel in der Kinderstube vergessen hatte.

Sie verließ ihr Zimmer und trat hinaus in den Korridor. Als sie die Hand eben nach der Klinke ausstrecken wollte, zuckte Freddie zurück, denn die Tür öffnete sich.

»Lord Fotheringham!«

»Oh, Guten Abend, Miss Whitehouse. Ich habe gerade noch einmal nach den Kindern gesehen. Sie schlafen so friedlich. Ich sehe ihnen gern dabei zu. Wie kleine Engelchen sehen sie aus, nicht wahr?«

»Ja, das tun sie. Die Bewegung an der frischen Luft heute Nachmittag hat sie müde gemacht. Sie sind im Nu eingeschlafen.« Der Earl machte einen Schritt nach vorn, und Freddie dachte erleichtert, er würde nun gehen, doch er beugte sich lediglich vor und sprach mit gedämpfter Stimme.

»Von Ihnen würde ich mich auch gerne einmal zu Bett bringen lassen. Obwohl ich mir nicht sicher bin, ob uns nicht etwas Besseres einfallen würde, als zu schlafen.« Er hob die Hand und fuhr mit dem Daumen über ihre Wange. Ein Lächeln spielte um seine Lippen.

»Ich, ähm, Mylord, ich sollte jetzt gehen.«

Hinter sich hörte sie ein Knarren. Jemand musste die Treppe heraufgekommen sein. Lord Fotheringham zog rasch die Hand weg und machte einen Schritt zurück.

»Gute Nacht, Miss Whitehouse. Schlafen Sie gut«, sagte er ein wenig zu laut.

»Gute Nacht, Mylord.« Als der Earl zur Seite trat, drückte sie rasch die Klinke herunter, schlüpfte in die dunkle Kinderstube und schloss die Tür hinter sich. Ihr Herz klopfte wie verrückt und ihr Atem wollte sich gar nicht wieder beruhigen, während sie mit dem Rücken an die Tür gelehnt dastand und lauschte.

»Ah! Da bist du ja, meine Liebe. Ich habe gerade noch einmal nach den Kindern gesehen«, hörte sie Lord Fotheringham sagen.

»Aha! Nach den Kindern.« Lady Fotheringhams Ton war schneidend. Sie senkte die Stimme, aber Freddie konnte sie trotzdem durch die Tür hören. »Und nun komm hinunter in den Salon, anstatt dich zum Narren zu machen und dem Kindermädchen nachzusteigen. Ich werde nicht noch einmal dulden, dass ...« Mehr konnte Frederica nicht verstehen, die beiden mussten sich von der Tür entfernt haben. Was sie jedoch gehört hatte, reichte vollkommen aus. Sie legte die Hände über Mund und Nase und versuchte, bewusst und langsam zu atmen, um sich zu beruhigen.

Das war nicht gut. Das war ganz und gar nicht gut. Lord Fotheringham hatte es sich anscheinend in den Kopf gesetzt, ihr den Hof zu machen. Lady Fotheringham würde zwar offenbar ein wachsames Auge auf

ihren Mann haben, denn es schien nicht das erste Mal
zu sein, dass er einer Angestellten Avancen machte.
Aber es würde dennoch schwer, ihm aus dem Weg zu
gehen. Was sollte sie jetzt nur tun? Konnte sie riskieren,
ihn deutlich in seine Schranken zu weisen? Und wenn
sie es nicht täte, wie weit würde er in seinen Annähe-
rungsversuchen gehen?

10

SIR THOMAS DE CLAIR

Sir Thomas war froh um die unverhoffte Reisebegleitung, versprach sie doch, ihn von seinen finsteren Gedanken abzulenken.

»Ich hoffe, Sie empfinden es nicht als indiskret, dass ich frage, aber haben Sie geschäftlich in London zu tun?«

Chester lächelte und rieb sich das Kinn mit Daumen und Zeigefinger. Sir Thomas glaubte schon, der Earl würde ihm die Antwort schuldig bleiben. Doch schließlich nickte er.

»In gewisser Weise. Sagen wir es so, ich bin unterwegs, um einen vor Jahren begangenen Fehler wiedergutzumachen.«

De Clair runzelte die Stirn. Eigenartig. Dass das Schicksal ihn offenbar mit einem Mann zusammengeführt hatte, der ebenfalls dabei war, sich der Vergangenheit zu stellen.

»Ich nehme an, dass Sie nicht darüber sprechen möchten?«

Chester schüttelte den Kopf. »Oh, es macht mir durchaus nichts aus, aber ich möchte Sie nicht damit langweilen.«

»Das werden Sie nicht, Mylord.«

»Also gut, ich bin auf der Suche nach meiner Tochter. Sie hatte es sich in den Kopf gesetzt, einen Mann heiraten zu wollen, den ich für gänzlich ungeeignet hielt. Doch sie ließ sich nicht davon abbringen. Regelrecht einsperren musste ich sie zuhause. Und dann eines Nachts ist sie auf und davon. Ich konnte noch herausfinden, dass sie sich zunächst eine Kutsche genommen und dann ein Stück zu Pferd weitergeritten waren, doch dann verlor sich recht bald die Spur. Sie waren nach Norden unterwegs, wollten wohl über die Grenze.«

»Dann glauben Sie, sie hat in Schottland geheiratet?«

»Wer weiß.« Chester sah aus dem Fenster, hinter dem die stille, weiße Landschaft an ihnen vorbeizog. »Es könnte genausogut sein, dass er sie entehrt und sitzengelassen hat. Welch ein Starrkopf lässt es so weit kommen, dass seine geliebte Tochter keinen Ausweg mehr sieht, als sich des nachts davonzumachen und setzt dann nicht alles daran, sein Kind wiederzufinden?«

Letzteres hatte Chester vermutlich mehr zu sich selbst gesagt, während er noch immer nachdenklich aus dem Fenster sah.

»Und Sie vermuten Ihre Tochter jetzt in London?«

Chester wandte sich ihm wieder zu.

»Nein, aber ich weiß, dass der besagte Mann Verwandte in der Stadt hat, und habe beschlossen, sie zu suchen. Ich möchte das Unrecht, das ich an meiner Tochter begangen habe, wiedergutmachen, bevor es zu spät ist.«

»Ich wünsche Ihnen, dass es gelingt.« Mit tiefem Bedauern dachte Sir Thomas daran, dass es dafür in seinem Fall bereits zu spät war. Am frühen Nachmittag erreichten sie das *Bull and Mouth Inn*, Sir Thomas wünschte Chester viel Glück bei seinem Unterfangen, und ihre Wege trennten sich.

De Clair überreichte dem Butler seine Karte. Seine Hand zitterte ein wenig. Die ganze Nacht über hatte er kaum geschlafen und mit sich gerungen, ob es nicht vielleicht doch klüger war, kehrtzumachen. Doch wie sollte er dies vor Isabella rechtfertigen, wenn er ihr die wahren Gründe nicht enthüllen konnte? Also hatte er sich am Vormittag des nächsten Tages zu der angegebenen Anschrift begeben, dem Haus, in dem Isabellas Schwester lebte.

Nach kurzer Zeit kehrte der Butler zurück und bedeutete Sir Thomas, ihm zu folgen.

»Mrs Marley erwartet Sie im Salon.«

Unsicheren Schrittes ließ er sich von dem Butler in den Salon führen. Ihm war, als sei die Zeit stehengeblieben. Auf den ersten Blick hatte Isabella sich kaum verändert, das schwarze Haar noch immer satt und glänzend und noch immer dieselbe schlanke, aufrechte Gestalt. Erst als er näher kam, sah er, dass die Jahre zarte Spuren in ihrem Gesicht hinterlassen hatten, was sie allerdings nur noch schöner machte. Sie verliehen ihren Gesichtszügen Charakter und Tiefe. Auch ihr Blick war ein anderer, wissender, reifer. Darin spiegelte sich aufrichtige Freude, ihn wiederzusehen. Allein das hochgeschlossene, schwarze Kleid erinnerte an den ernsten Anlass seines Besuchs.

»Ich freue mich, Sie nach all dieser Zeit wiederzusehen, de Clair. Meine Schwester lässt sich entschuldigen. Sie hatte noch Verpflichtungen und wird erst später zu uns stoßen.«

Der Klang ihrer Stimme nach all diesen Jahren erschütterte ihn bis ins Mark. Isabellas Wirkung auf ihn hatte nichts an ihrer Kraft eingebüßt, im Gegenteil. Die

Frau, der er heute hier gegenüberstand, war nur noch bestrickender als das junge Mädchen im himmelblauen Kleid damals auf dem Ball. Auch konnte er nicht umhin, zu bemerken, dass Isabella trotz der langen Zeit, in der sie sich nicht gesehen hatten, die vertrautere Anrede verwendete.

»Mrs Marley. Auch ich freue mich, Sie wiederzusehen. Die Zeit scheint spurlos an Ihnen vorbeigegangen zu sein.« Sir Thomas verneigte sich. »Doch lassen Sie mich Ihnen zunächst mein tief empfundenes Beileid aussprechen.«

»Aber setzen wir uns doch.« Isabella machte eine einladende Handbewegung, Sir Thomas ließ sich auf einem der zierlichen Sessel nieder und ließ sich von ihr mit Tee und Gebäck bewirten. Dann setzte sie sich in den Sessel ihm gegenüber. Der Ausdruck in ihrem Gesicht war schwer zu deuten.

»Hatten Sie eine angenehme Reise, de Clair? In diesem Wetter kann es kein Vergnügen gewesen sein.«

»Es gab einen kleinen Zwischenfall kurz vor Dunstable. Die Kutsche geriet in eine Schneewehe, aber gottlob wurde niemand verletzt.«

»Oje, jetzt bekomme ich ein ganz schlechtes Gewissen, dass ich Sie hergebeten habe.« Isabella strich sich eine Locke aus der Stirn und sah verlegen aus.

»Das brauchen Sie nicht, Mrs Marley, es war wirklich nicht weiter schlimm. Und, wenn ich das sagen darf, es war mir selbst ein inneres Bedürfnis, Ihrer Bitte nachzukommen. Ihr Brief hat mich tief bewegt. Es ist gut, zu wissen, dass auch Marley unser Zerwürfnis bedauerte. Ich habe so oft daran gedacht, ihm zu schreiben und den Kontakt wieder aufzunehmen, aber ...« Er stockte, als ihm aufging, dass er dafür keine plausible Erklärung anzubieten hatte, und er die Wahrheit nicht aussprechen durfte. »Nun, leider ist es dafür zu spät, aber es tröstet mich, zu wissen, dass auch er den Verlust unserer Freundschaft bedauerte.«

»Es ist mir stets ein Rätsel geblieben, lieber de Clair, wie zwei Freunde über den Verlust eines Pferdes derart in Streit geraten konnten.« Isabella sah ihn unverwandt an, ihre Augen warm und glänzend wie polierter Bernstein, der Blick forschend. Und er glaubte, sie müsse direkt in sein Herz sehen und ihn durchschauen können. Ein Gefühl der Beklemmung überkam ihn, und er spürte, wie seine Handflächen feucht wurden. »Ich denke, es ist wie mit allen großen Konflikten, den privaten wie den politischen. Es gibt immer einen äußeren Anlass, der sie auslöst. Doch ihre Ursachen liegen verborgen unter der Oberfläche, wie ein Samenkorn, das in der dunklen Erde schlummert. Der Betrachter sieht die Pflanze, die Blüten, die sie treibt. Der Samen und die Wurzeln bleiben ihm verborgen. Im Kern geht es selten um das, was wir sehen, nicht wahr? Es ging niemals um das Pferd.«

Sir Thomas räusperte sich. Wie sollte er darauf eine Antwort geben, ohne ihr darzulegen, was der wahre Grund für ihren Streit gewesen war.

»Nein. Es ging nicht nur um das Pferd.« Er wandte den Blick ab.

»Sie müssen mir nichts erklären, De Clair. Das ist eine Angelegenheit zwischen Ihnen und Marley. Es geht mich nichts an.«

Sie erhob sich, ging zu dem kleinen Sekretär hinüber, der in der Ecke des Raumes stand und nahm ein darauf liegendes Schriftstück auf.

»Wie ich bereits in meinem Brief erwähnte, hat Marley besonders in seinen letzten Tagen viel von Ihnen und Ihrer gemeinsamen Jugend gesprochen. Er hat selbst nie begreifen können, wie dieser Bruch zustande kam, aber er schien die Schuld zunächst bei Ihnen zu sehen. Noch einige Zeit danach hat er auf eine Entschuldigung oder eine versöhnliche Geste von Ihrer Seite gewartet. Aber er war zu stolz, selbst den ersten Schritt zu machen. Er hat es zunehmend bereut, seinen Stolz nicht überwunden zu haben.«

Sie hatte ihren Platz ihm gegenüber wieder eingenommen und reichte Sir Thomas das Schriftstück.

»Diesen Brief hat er kurz vor seinem Tod begonnen zu schreiben. Leider hat er ihn nicht mehr beenden können. Ich dachte, Sie sollten ihn haben. Ich selbst habe ihn nicht gelesen.«

Sir Thomas schluckte und streckte die Hand nach dem gefalteten Briefbogen aus. Er machte Anstalten, ihn zu öffnen, aber Isabella hielt ihn auf.

»Aber nein, nehmen Sie ihn nur mit. Er war Ihnen zugedacht, und ich möchte ihn nicht zurück. Gewiss möchten Sie ungestört sein, wenn Sie ihn lesen.«

Er nickte und steckte den Brief in die Tasche.

11

MISS MIRIAM PRITCHARD

Es war bereits spät am Abend, als Miriam das Haus der Sawyers verließ und eine Droschke Richtung King Street nahm. Schnee fiel in dichten Flocken, und trotz der vorgerückten Stunde waren noch viele Menschen auf den Straßen unterwegs. Ihr kam es vor, als schlafe diese Stadt einfach nie. Vom frühen Morgen bis spät in die Nacht hinein herrschte hier reges Treiben. Menschen strebten den großen Theatern und Veranstaltungssälen zu und noch immer rollten in steter Folge Kutschen und andere Fuhrwerke über das Pflaster der Straßen.

Die Droschke hielt in der Gasse hinter der Pension, wo die Stallungen lagen, und Miriam raffte die Röcke, als sie durch den angetauten Schnee dem Torbogen zustrebte, der nach der Vorderseite des Gebäudes führte. Plötzlich hielt sie inne, als sie etwas hörte, das wie ein Wimmern klang.

»Hallo? Ist dort jemand?«, rief sie, erhielt jedoch keine Antwort. Das Wimmern allerdings hörte nicht auf.

Sie blinzelte in die Dunkelheit des Durchgangs und erschrak, als sie am Boden etwas entdeckte, das einer menschlichen Form ähnelte. Vorsichtig näherte sie sich, wich jedoch sogleich zurück, als sie erkannte, dass es sich tatsächlich um einen Menschen handelte, der dort am Boden lag. Bekleidet nur mit einem langen weißen Unterhemd.

Mit pochendem Herzen lief Miriam, so schnell sie konnte, zum Haus, um Hilfe zu holen.

Miriam tauchte ein Tuch in die Waschschüssel mit dem Essigwasser und betupfte dem Fremden die glühend heiße Stirn, auf der sich eine ziemliche Beule abzeichnete. Follett hatte ihn hereingetragen und in eines der leerstehenden Gästezimmer im oberen Geschoss gebracht.

»Ich möchte wissen, wie er dort hingekommen und was ihm widerfahren ist«, sagte Tante Augusta mehr zu sich selbst. »Und wo seine Kleider geblieben sind. Ob er überfallen wurde?«

»Hier? Vor unserem Haus?« Miriam sah erschrocken aus.

»Ich könnte mir vorstellen, dass er aus dem *Blue Boar's Head* kam. Vielleicht ist ihm jemand gefolgt, und er hat versucht, sich hier im Hof zu verstecken. Ach, es ist immer mehr Gesindel da draußen auf den Straßen unterwegs. Ich hole noch einmal frisches Wasser.« Tante Augusta nahm die Schüssel und verließ das Zimmer.

Miriam legte die Hände in den Schoß und betrachtete den Kranken neugierig. Wo er wohl hergekommen war? Obwohl er ein vollkommen fremder Mann war, empfand Miriam ihm gegenüber keinerlei Misstrauen. Sie fand, dass er das unschuldige Gesicht eines Menschen hatte, der keiner Fliege etwas zuleide tun konnte. Er war ein durchaus ansehnlicher junger Mann mit dunkelbraunen Locken und ebenmäßigen Gesichtszügen. Da seine Augen geschlossen waren, betrachtete Miriam ihn ungeniert. Die geraden Brauen lagen dicht über den Augen und gaben seinem Ausdruck etwas Melancholisches. Ihr gefiel der sanfte Schwung der Lippen, die dem kantigen Kinn und Kiefer etwas Weiches entgegensetzten und das Gesicht besonders harmonisch erscheinen ließen. Ein leichter bläulicher Bartschatten hatte sich bereits auf Oberlippe, Kinn und Wangen gelegt, was ihn allerdings nicht minder attraktiv erscheinen ließ. Ein eigenartiges Unruhegefühl ermächtigte sich ihrer, und Miriam ertappte sich dabei, dass sie darüber nachdachte, wie es wohl wäre, diese Lippen zu küssen. Rasch schob sie diesen Gedanken beiseite und sah zur Tür herüber. Wo nur Tante Augusta blieb?

Als sie sich wieder dem Bewusstlosen zuwandte, schlug dieser plötzlich die Augen auf. Es waren die blauesten Augen, die Miriam ja gesehen hatte. Der Fremde versuchte, sich aufzusetzen, doch Miriam hielt ihn mit sanftem Druck zurück.

»Bleiben Sie liegen, Sir. Es wird Ihnen guttun, ein wenig auszuruhen«, sagte sie in sanftem, aber bestimmtem Ton. So sehr sie die intensiv leuchtende Farbe seiner Augen faszinierte, bemühte sie sich, ihn nicht anzustarren. Lieber wollte sie sich darauf konzentrieren herauszufinden, was ihm widerfahren war.

»Wer sind Sie und wie kamen Sie in den Durchgang hinter den Stallungen?«

»Ich, ich kann mich nicht erinnern.« Der Mann furchte die Stirn und schüttelte darauf den Kopf. »Verflixt. Ich kann mich nicht erinnern. Können Sie sich das vorstellen?«

»An Ihren Namen werden Sie sich doch wohl noch erinnern.« Miriam zog die Augenbrauen zusammen. Sie konnte sich nicht vorstellen, dass es möglich war, wirklich alles zu vergessen.

»Freddie«, stieß der Fremde hervor. Es klang mehr wie eine Frage. Dann wiederholte er: »Freddie.«

»Das ist Ihr Name? Freddie?«

»Muss es wohl«, entgegnete der junge Mann und betastete vorsichtig die Beule an seiner Stirn. »Jedenfalls spukt er mir im Kopf herum, während ich mich sonst an nichts erinnere.«

In diesem Augenblick kam Tante Augusta mit der Schüssel zurück, die sie neben dem Bett auf dem Nachtschränkchen abstellte.

»Wie ich sehe, sind Sie wach. Können Sie uns erzählen, wer Sie sind und was geschehen ist? Dann können wir Ihnen helfen, nach Hause zu kommen.« Sie befühlte seine Stirn. »Sie haben noch immer Fieber. Wahrscheinlich haben Sie sich verkühlt. Kein Wunder. Das Wetter ist nicht gerade dazu gemacht, mit nichts als einem Unterhemd am Leibe draußen zu liegen. Sie werden noch ein paar Tage das Bett hüten müssen, bis sie wieder auf die Beine kommen. Sie können froh sein, dass Miriam Sie gefunden hat. Es hätte ganz anders für Sie enden können.«

»Dafür bin ich Ihnen auch sehr dankbar, Miss«, sagte er an Miriam gewandt. »Auch für Ihre großzügige Aufnahme und Fürsorge. Ich würde mich gerne erkenntlich zeigen, jedoch kann ich mich an nichts erinnern. Ich strenge meinen Kopf an, aber da ist nichts. Rein gar nichts. Nur dieser Name. Freddie. Ich denke, so muss ich wohl heißen, auch wenn ich mich nicht mit Sicherheit daran erinnere.«

»Himmel! Sie wollen behaupten, Sie wissen nicht einmal mehr, wer Sie sind?«

»Ja, Madam. Ich weiß, es klingt unglaublich, aber so ist es.«

Tante Augusta beugte sich vor und schnupperte, dann musterte sie den jungen Mann mit zusammengezogenen Brauen.

»Sie haben getrunken«, stellte sie fest. »Bestimmt waren sie im *Blue Boar's Head*.«

»Das kann wohl sein.« Der Fremde knetete sein Kinn. »Da sind vage Bilder. Ein Schankraum. Es dreht sich alles und ich kann die Decke sehen. Da sind zwei Männer. Jemand, der mir auf die Beine hilft.«

Er schüttelte den Kopf.

»An mehr kann ich mich nicht erinnern.«

»Was fange ich denn jetzt mit Ihnen an, Freddie?« Tante Augusta sah ihn prüfend an, dann schüttelte sie den Kopf. »Sie können hier nicht bleiben.«

Miriam sah ihre Tante erschrocken an.

»Aber wir können ihn doch nicht bei dieser Kälte einfach vor die Tür setzen.«

Tante Augusta seufzte erneut und legte noch einmal ihre Hand auf die Stirn des Fremden.

»Ich sage Ihnen etwas, Freddie. Sie können vorerst hier bleiben, bis Sie wieder ganz gesund sind, aber dann müssen Sie sich eine andere Bleibe suchen.«

»Gewiss, Madam. Ich habe die Hoffnung, dass meine Erinnerung bald zurückkehrt. Ich verspreche Ihnen, dass ich dann für alle Kosten und Mühen aufkommen werde.«

Miriams Tante lachte auf.

»Natürlich! Ein armer Schlucker, der nicht mehr als das Hemd am Leibe hat. Nein, mein lieber Alfred – ich nehme doch an, dass das ihr Name ist – ich fürchte, ich bin wieder einmal zu gutherzig und füttere Sie mit durch, obwohl Sie es eigentlich gar nicht verdient hätten. Schließlich haben Sie sich diese Suppe offenbar ganz allein eingebrockt. Ich sage Ihnen, was geschehen ist. Sie haben sich im *Blue Boar's Head* volllaufen lassen und diese beiden Männer, die Sie erwähnten, haben Sie nach draußen begleitet, Ihnen eins übergebraten und Sie bis aufs Hemd ausgeraubt.«

Allerdings verriet ihr Lächeln, während sie dies sagte, dass auch sie den jungen Fremden mochte und er ihr leidtat.

»Aber sobald Sie wieder auf den Beinen sind, verschwinden Sie. Ich kann mir nicht leisten, eines der Zimmer auf Dauer zu belegen, wenn Sie mir nichts zahlen.«

»Selbstverständlich, Madam. Ich hoffe, dass mein Gedächtnis bis dahin zurückgekehrt ist und ich weiß, wo ich hingehöre.«

»Und wenn nicht?«, warf Miriam ein.

Tante Augusta seufzte erneut. »Damit befassen wir uns, wenn es soweit ist. Ich bin sicher, uns wird eine Lösung einfallen. Wie gut können Sie mit Schneeschaufel und Besen umgehen, Alfred?«

Der junge Mann lächelte.

»Ich bin Ihnen unendlich dankbar, Madam. Und ich hoffe, dass ich Ihnen Ihre Freundlichkeit und Hilfsbereitschaft eines Tages in angemessener Weise zurückzahlen kann.«

»Hoffnung ist oft ein Jagdhund ohne Spur.« Miriams
Tante lachte. »Das wusste schon Shakespeare. Nun, ich
muss wieder an die Arbeit. Meine Nichte wird Ihnen
gleich eine warme Suppe und etwas Brot bringen, damit sie schnell wieder zu Kräften kommen. Mein Name
ist übrigens Miss Pritchard. Mir gehört diese Pension.
Und das ist meine Nichte, Miss Miriam Pritchard.«

»Sehr erfreut. Und haben Sie herzlichen Dank, Miss
Pritchard.«

»Und Sie können sich wirklich an gar nichts erinnern?«, fragte Miriam, als sie etwas später mit Suppe
und Brot und einer Tasse Kräutertee in Alfreds Kran-
kenzimmer zurückkehrte. Das Tablett setzte sie auf
dem Nachtkästchen ab und half Alfred, sich im Bett
aufzusetzen. Dann stellte sie es in seinen Schoß und
gab ihm den Löffel in die Hand.

Alfred zuckte mit den Schultern.

»Nein, Miss. In meinem Kopf gibt es nur ein großes
Durcheinander. Ab und zu gelingt es mir beinahe, einen Fetzen zu erhaschen, aber ich kann nichts festhal-
ten.«

»Sie haben vermutlich auch einen ordentlichen
Schlag auf den Schädel bekommen.« Miriam deutete
auf die Beule an seiner Stirn, die noch weiter gewach-
sen zu sein schien. »Ist Ihnen auch übel oder schwind-
lig?«

»Ein bisschen. Vor allem aber habe ich grässliche
Kopfschmerzen.«

»Ich habe Ihnen einen Tee gemacht. Basilikum und
Wucherblume, hilft Wunder gegen Kopfweh und Fieber.«

Alfred lächelte und schien sie aufmerksam zu betrachten. Miriam spürte, wie ihre Wangen sich erhitzten und das kribbelige Gefühl zurückkehrte.

»Vielen Dank, Miss Pritchard. Sie sind zu liebenswürdig.«

Alfred tauchte den Löffel in die Suppe und führte ihn zum Mund. Miriam runzelte die Stirn. Die Art, wie er dies tat und seine Art, sich auszudrücken, ließen auf eine gute Erziehung schließen. Einen einfachen Stallburschen hatte sie gewiss nicht vor sich. Ein Edelmann wiederum ging zum Trinken eher in einen der Clubs in St. James's anstatt in eine bescheidene Taverne wie das *Blue Boar's Head*. Höchstwahrscheinlich war Alfred der Sohn eines Kaufmanns, eines Anwalts oder Arztes.

»Sie stammen nicht aus London, Miss Pritchard, nicht wahr? Sie klingen anders. Liverpool vielleicht?«

Miriam lachte. »Bangor. Ich bin erst seit Kurzem in der Stadt. Mein Cousin hat eine Buchhandlung an der Piccadilly, in der ich arbeiten werde.«

»Eine Buchhandlung? Bei Ihrem Cousin handelt es sich doch nicht etwa um Mr Hatchard?«

»O nein!« Miriam lachte und schüttelte den Kopf. »Von Hatchard's habe ich auch bereits gehört. Die Buchhandlung meines Cousins ist wesentlich bescheidener. Aber dennoch ein wahres Paradies! In einem ganzen Menschenleben könnte man nicht alle Bücher lesen, die dort stehen. Und dieser Duft! Besser als Maiglöckchen, Lavendel und Rosen zusammengenommen. Bücher duften einfach herrlich, finden Sie nicht auch? Das Leder, der Leim, das Papier!«

»Ich weiß nicht, was es ist, aber irgendetwas sagt mir, dass Sie wohl gerne lesen.« Alfred lachte. »Allerdings wüsste ich nicht, dass ich je an einem Buch gerochen hätte. Das muss jedoch nichts zu bedeuten haben. Schließlich erinnere ich mich nicht einmal an meinen Nachnamen.«

»Die Erinnerung wird zurückkommen. Warten Sie.« Sie zog ein kleines Büchlein aus der Rocktasche. »Hier. Dieses Bändchen enthält Shakespeare's Sonette. Es ist ein Geschenk meiner Mutter.«

Sie reichte es ihm und er begann, es aufzublättern.

»Nicht lesen, riechen sollen Sie!« Miriam lachte. »Der Einband ist aus Juchtenleder.«

Alfred lachte und schnupperte an dem Ledereinband.

»Das riecht wie geräucherter Speck.«

»Das kommt von dem Birkenteeröl. Damit wird das Leder behandelt, um es wasserfest zu machen. Nun riechen Sie an dem Papier. Ist das nicht der herrlichste Geruch, den man sich im Leben nur vorstellen kann?«

Alfred blätterte das Bändchen auf und schnupperte. Für einen Augenblick schloss er die Augen, roch erneut. Dann schüttelte er den Kopf.

»Was ist? Haben Sie sich etwa an etwas erinnert?«

»Nein. Nein. Ich dachte, es erinnere mich an etwas, aber – nein. Es ist nichts.«

Als er Miriam das Gedichtbändchen zurückgab, streifte sein kleiner Finger wie zufällig ihren Handrücken. Es war nur eine ganz zarte, kaum spürbare Berührung, und doch ging sie ihr durch Mark und Bein. Miriam schluckte. Rasch steckte sie das Buch wieder ein und machte Anstalten, sich zu erheben.

»Wenn Sie aufgegessen haben, stellen Sie das Tablett einfach hierher, ich werde es dann später abholen.«

»Schade.« Alfred sah sie mit seinen großen, blauen Augen bittend an. »Ich dachte, Sie würden mir vielleicht ein wenig daraus vorlesen.«

»Eigentlich wollte ich …«, begann Miriam, doch ihr wollte in diesem Moment überhaupt nicht einfallen, was es war, das sie eigentlich gewollt hatte.

»Bitte, Miss Pritchard. Setzen Sie sich doch hierher und lesen mir noch eine Weile vor. Gewiss werde ich darüber diese Kopfschmerzen vergessen und besser schlafen.«

Miriam schmunzelte.

»Nun, Ihrer Genesung möchte ich natürlich nicht im Wege stehen.«

12

LORD CHESTER

Der unscheinbare Backsteinbau lag in direkter Nähe des *Blue Boar's Head* in einer Seitenstraße der King Street. Chester stand eine Weile auf dem verschneiten Trottoir gegenüber und beobachtete den Eingang. Schließlich gab er sich einen Ruck, überquerte die Straße und betätigte den Türklopfer.

Eine ältere Hausdame in blütenweißer Schürze mit einem Häubchen öffnete.

»Guten Tag, Sir. Sie wünschen?«

Die Frau knickste etwas unbeholfen und etwas zu tief. Von dem schwarzen Zylinder, der von Lock & Co. in der St. James's Street stammte, über den braunen Pelerinenmantel aus Kaschmir bis hin zu seinem Gehstock mit dem polierten Silberknauf war dem Earl sein gesellschaftlicher Stand deutlich anzusehen. Ein Gentleman von Chesters Format verirrte sich wahrscheinlich eher selten in ein einfaches Haus wie dieses.

»Guten Tag. Ich würde gern mit Miss Pritchard sprechen.«

»Wen darf ich melden?« Mit unverhohlener Neugier musterte sie Chester.

»Fitzroy Swinton, Earl of Chester.« Er reichte der Hausdame seine Karte, die sie nun mit einer gewissen Ehrfurcht entgegennahm.

»Einen Augenblick, Mylord.« Sie knickste noch einmal und verschwand mit der Karte im Innern des Hauses.

Kurz darauf waren von drinnen Stimmen zu hören. Dann erschien die Hausdame wieder an der Tür. Sie sah etwas nervös aus, und ihre Wangen waren deutlich gerötet.

»Entschuldigen Sie, Mylord. Miss Pritchard ist im Augenblick nicht im Hause.«

»Verstehe«, entgegnete Chester. »Es ist durchaus nachzuvollziehen, dass sie mich nicht empfangen möchte. Ich werde noch eine Weile draußen vor dem Haus warten, denn ich würde sie wirklich gern sprechen. Es ist mir ein Herzensanliegen. Würden Sie ihr das bitte ausrichten?«

»Ich ... sehr wohl, Mylord.« Die Hausdame war sichtbar froh, als sie die Tür hinter ihm schließen konnte.

Wieder bezog Chester seinen Posten auf dem gegenüberliegenden Gehsteig und blickte zu dem Haus hinüber. Im oberen Geschoss bewegte sich kurz eine Gardine. Chester zog grüßend den Hut und deutete eine Verbeugung an, woraufhin sich die Gardine erneut bewegte.

Regungslos stand er da und beobachtete den Eingang des Gebäudes. Nichts geschah.

Eine ganze Weile hatte Chester dort gestanden, als es plötzlich begann, zu schneien. Trotz der teuren Winterstiefel fühlten sich seine Zehen schon ganz taub an, und auf seinen Schultern und dem Hut sammelten sich Schneeflocken.

Gerade wollte er aufgeben und sich zum Gehen wenden, da öffnete sich erneut die Eingangstür und die Hausdame steckte den Kopf hindurch.

»Bitte kommen Sie herein, Mylord. Miss Pritchard wird sie empfangen.«

Erleichtert klopfte Chester den Schnee von seiner Kleidung und folgte der Dame in der weißen Schürze ins Haus, wo sie ihm Mantel, Hut und Stock abnahm.

Während er noch im Vorraum wartete, kam eine Dame in einem hochgeschlossenen, karierten Kleid mit einem adretten Vandyke-Spitzenkragen die Treppe herunter. Sie mochte etwa vierzig sein. Das braune Haar, das sie zu einem Knoten aufgesteckt hatte, war schon deutlich von grauen Strähnen durchzogen, daher schätzte er sie etwas jünger als seine Elizabeth jetzt sein musste.

»Hartnäckig sind Sie immerhin«, sagte sie, ohne auch nur die Andeutung einer höflichen Begrüßung.

»Miss Pritchard, nehme ich an?« Chester verbeugte sich. »Lord Chester.«

»Ich weiß, wer Sie sind«, entgegnete die Frau kühl. »Allerdings frage ich mich, was Sie hier wollen.«

»Ich bin auf der Suche nach meiner Tochter Elizabeth.«

»Urplötzlich? Nach all diesen Jahren?« Miss Pritchards Stimme war kalt und schneidend.

»Psalm 32:5. Darum bekannte ich dir meine Sünde, und meine Schuld verhehlte ich nicht. Ich sprach: Ich will dem Herrn meine Übertretungen bekennen. Da vergabst du mir die Schuld meiner Sünde«, zitierte Chester. »Ich weiß, dass ich wie ein Narr gehandelt habe und möchte um Vergebung bitten. Sie, Ihren Bruder und natürlich meine Tochter. Ich habe lange gebraucht, um zur Einsicht zu kommen. Doch ich habe die Hoffnung, dass es für Vergebung niemals zu spät ist.«

Die Pensionswirtin betrachtete Chester mit Skepsis.

»Kommen Sie, wir wollen in den Salon gehen.« An die Hausdame gewandt, die mit schlecht verborgener Neugier gelauscht hatte, sagte sie: »Würden Sie uns bitte Tee bringen, Barlow?«

Etwas später saß Lord Chester im privaten Wohnzimmer der Pensionswirtin und rührte etwas verlegen in seiner Tasse.

»Nun, wie ich bereits sagte, bin ich gekommen, um mich für mein Verhalten zu entschuldigen und habe gehofft, Sie könnten mir helfen, Elizabeth zu finden.«

»Was lässt Sie glauben, dass ich das tun werde? Es mag außerhalb Ihrer Vorstellungskraft liegen, Lord Chester, aber mein Bruder ist ein ehrlicher, hart arbeitender Mann. Auch wenn er weder einen Titel noch Ländereien besitzt. Er hat ein Herz aus Gold. Elizabeth hat das erkannt. Weder ist er ein Wüstling, der nur darauf aus war, sie zu entehren, noch war er hinter ihrem Vermögen her. Das wollten Sie damals nicht wahrhaben. Deswegen haben Sie versucht, ihn zu bestechen. Haben Sie tatsächlich geglaubt, er würde Ihr Geld annehmen und verschwinden? Mein Bruder hat Elizabeth aufrichtig und aus ganzem Herzen geliebt und er tut es bis heute.« Miss Pritchard verschränkte die Arme vor der Brust und starrte Chester feindselig an.

»Ich glaube Ihnen. Deswegen möchte ich Ihren Bruder und Elizabeth um Verzeihung bitten. Würden Sie mir also helfen, Sie zu finden?«

Es war Miss Pritchard deutlich anzusehen, dass sie Chesters Motiven noch immer misstraute.

»Darf ich fragen, was diesen plötzlichen Sinneswandel bewirkt hat?«

»Es gab verschiedene Ereignisse, die mich zum Nachdenken gebracht haben. Menschen können sich verändern, Miss Pritchard. Sie tun es höchst ungern und seltener, als sie sollten, aber sie tun es.«

Noch immer sah sein Gegenüber misstrauisch aus.

»Angenommen ich wüsste, wo sich Elizabeth aufhält und verriete es Ihnen, was erwarten Sie sich davon?«

»Ich würde ihr schreiben, sie um Verzeihung bitten und darum, sie besuchen zu dürfen. Wer weiß, wie lange es mir noch vergönnt ist, zu leben. Ich möchte wissen, dass es ihr gutgeht, sie in die Arme schließen und ihr sagen, dass ich sie liebe und ich all die versäumten Jahre bereue.« Chester seufzte und rieb sich mit Daumen und Zeigefinger die Nasenwurzel.

»Hören Sie, Mylord. Es hat Elizabeth das Herz gebrochen, ihre Familie zurücklassen zu müssen. Sie hat lange gebraucht, um wieder glücklich zu werden. Sie und Oswald haben ein gutes Leben. Oswald hat hart gearbeitet und aus einem bescheidenen Vermögen ein stattliches gemacht, indem er sich in Bangor einen erfolgreichen Schieferhandel aufgebaut hat. Er kann wahrlich stolz auf sich sein. Die beiden haben zauberhafte Kinder. Ich weiß nicht, ob es gut wäre, wenn Sie nach all der langen Zeit so plötzlich in dieses Leben hineinplatzten.« Miss Pritchards Blick wirkte nachdenklich. »Ihre neue Lebenswelt hat mit ihrer alten nicht mehr die geringste Ähnlichkeit. Sie könnte nicht wieder zurück.«

»Das weiß ich. Und das strebe ich auch in keiner Weise an. Ich möchte sie einfach nur noch einmal wiedersehen und mit ihr sprechen.« Chester hob den Blick.

»Bangor. Sie leben also in Bangor. Sie sagten, sie hat Kinder?«

Die Gesichtszüge seines Gegenübers erschienen ihm längst nicht mehr so hart wie zu Beginn ihrer Unterhaltung.

»Allerdings. Drei Söhne und zwei Töchter.« Sie machte eine längere Pause, und es wirkte, als denke sie über etwas nach. »Ihre Jüngste wohnt derzeit bei mir. Sie hat eine Stelle als Verkäuferin bei Sawyer & Co. bekommen. Einer meiner Neffen ist der Inhaber.«

»Sawyer & Co.? Der kleine Buchhändler an der Piccadilly?«

Miss Pritchard nickte.

»Miriam ist ein wahrer Bücherwurm. Seit sie lesen gelernt hat, sieht man sie selten, ohne dass sie ihre Nase in ein Buch steckt.«

»Miriam«, wiederholte Chester. »Ein hübscher Name.«

Am Morgen war er noch voller Enthusiasmus aufgebrochen, doch als er kurz nach seinem Besuch bei Miss Pritchards Pension an der Piccadilly aus der Kutsche stieg, beschlich den Earl of Chester ein unbehagliches Gefühl.

Wie sollte er der jungen Frau begegnen? Wie plötzlich in ihr Leben eindringen, der Großvater, der nie für sie da gewesen und über den sie gewiss nicht viel Gutes gehört hatte? Miss Pritchard hatte ja recht. Gemeinsam mit Oswald Pritchard hatte sich seine Tochter eine neue Existenz geschaffen, ein gut gehendes Unternehmen, eine kleine Familie, in der niemand auf ihn gewartet hatte.

Es konnte für Elizabeth und Oswald nicht leicht gewesen sein, nach ihrer abenteuerlichen Flucht nach Schottland, wo sie geheiratet hatten, fern von ihrer beider Familien ein neues Leben zu beginnen. Mit ihrer Flucht hatte Elizabeth bewusst alle Brücken zu ihrer Vergangenheit abgerissen. Dass es sie ausgerechnet in den äußersten Nordwesten von Wales verschlagen hatte, war gewiss kein Zufall gewesen. Sie hatte sicherstellen wollen, dass ihre Familie sie nicht finden würde. Aber sie wusste auch, dass es Chester gelungen wäre, sie zu finden, hätte er es ernsthaft versucht.

Im Nachhinein verstand er selbst nicht mehr, wie er so hartherzig hatte sein können. Er hatte nur den Ruf seiner Familie im Blick gehabt, die Schande, die Elizabeth ihm bereitet hatte, indem sie sich mit Pritchard davongemacht hatte. Nie hatte er daran gezweifelt, dass er richtig gehandelt hatte, als er sich der Verbindung zu einem einfachen Kaufmann vehement und mit aller Strenge widersetzt hatte. Jeder andere hätte an seiner Stelle ebenso gehandelt. Die Tochter des Earls of Chester konnte doch keinen einfachen Kaufmannssohn heiraten! Damit hatte sie sich selbst und die gesamte Familie zum Gespött gemacht. Damals war er überzeugt gewesen, Elizabeth könne ihrer Jugend wegen die volle Tragweite ihrer Entscheidung nicht erfassen. Er hatte geglaubt, sie schützen zu müssen.

Was konnte ein Mann wie Pritchard sich von der Verbindung mit einer Frau von Stand erwarten? Entweder war es der Reiz der Eroberung oder die Hoffnung auf Reichtum und Einfluss gewesen, die ihn angetrieben hatten. Etwas anderes hätte sich Chester damals nicht vorstellen können.

Vielleicht hatte es die Weisheit und die Gelassenheit des Alters gebraucht, um ihn begreifen zu lassen, dass es Schlimmeres gab, als von gewissen Kreisen gemieden zu werden.

Wie viel Zeit war seither vergangen! Fünf Kinder hatte Elizabeth geboren – fünf, die überlebt hatten. Wie viele Tauffeiern, wie viele Weihnachtsfeste waren gekommen und hingegangen und er hatte keinen Platz in ihrem Leben gehabt.

Wie konnte er da erwarten, dass Elizabeth und ihre Familie nach all den Jahren bereit waren, ihm zu vergeben und ihn mit offenen Armen zu empfangen?

Unschlüssig näherte er sich den hohen Bogenfenstern des Ladengeschäfts, die an den Seiten von Eisblumen bedeckt, Einblick ins Innere der Buchhandlung mit ihren deckenhohen Regalen und dem halbrunden Verkaufstisch in der Mitte gewährten. Chester blieb dicht vor dem Fenster stehen und sah hindurch. Er hatte das Gefühl, sein Herz habe für einen Schlag ausgesetzt, als eine junge Frau in einem hochgeschlossenen dunklen Kleid und mit aufgesteckten Haaren hinter den Verkaufstresen trat. Das musste sie sein. Chester kniff die Augen zusammen, um besser sehen zu können. Er stutzte. Aber ... das konnte doch gar nicht sein!

In der Verkäuferin erkannte er das quirlige junge Ding mit dem haselnussbraunen Haar aus der Postkutsche.

13

MISS FREDERICA WHITEHOUSE

Am nächsten Morgen beeilte Frederica sich, Lord William und Lady Judith rechtzeitig für die Kirche fertig zu machen. Ihre Aufgabe war es, die beiden in den Gottesdienst zu begleiten und dafür zu sorgen, dass sie artig und still blieben. Den kleinen Caspar würden sie auf dem Weg zu Bekannten der Fotheringhams bringen, deren Kindermädchen mit den jüngeren Kindern daheim blieb, während Frederica die zwei älteren mitnehmen sollte. Über der Kutschfahrt lag eine unangenehme Anspannung, denn Lord Fotheringham war sichtbar bemüht, Freddie so gut es ging zu ignorieren, während die Countess schweigend und mit zusammengekniffenen Lippen dasaß und die beiden mit argwöhnischen Blicken bedachte.

Als sie an der Kirche angelangt waren, gingen Lord und Lady Fotheringham voraus, während Frederica verzweifelt versuchte, ihre Schützlinge zusammenzuhalten.

»Lord William! So bleiben Sie doch hier. Wir wollen zusammen in die Kirche gehen. Lady Judith! Nicht herumlaufen!«

Hinter sich hörte sie jemanden lachen.

»Sie brauchen wohl ein wenig Hilfe.«

Frederica wandte sich um und sah eine Frau in einem taubenblauen Mantel und ebensolchem Hut. Um die Schultern hatte sie ein cremefarbenes Cape gelegt. Die Kleidung wirkte schlicht, aber elegant. Sie mochte etwas jünger sein als Lady Fotheringham. Hinter ihr folgte eine ganze Schar Mädchen verschiedenen Alters brav in Zweierreihen, ohne zu schwatzen oder zu kichern.

»Lassen Sie die Kinder sich bei den Händen fassen. Ein großes und ein kleines Kind und immer zwei und zwei. So können Sie sie etwas leichter bändigen. Aber verzeihen Sie, ich habe mich noch gar nicht vorgestellt. Miss Lydia Barnes, ich leite ein Mädchenpensionat in der Nähe.« Miss Barnes hatte ein ernstes, aber sympathisches Gesicht und wache, hellblaue Augen, die Freddie interessiert musterten.

»Sehr erfreut, Ihre Bekanntschaft zu machen, Miss Barnes. Frederica Whitehouse. Das neue Kindermädchen der Fotheringhams.« Sie lächelte. »Vielen Dank für Ihren hilfreichen Hinweis.«

»Kommen Sie, Miss Whitehouse. Wir müssen uns sputen, der Gottesdienst wird gleich beginnen.«

Freddie wies die Kinder an, einander bei den Händen zu fassen, was sie zu ihrem Erstaunen auch bereitwillig taten. Sie folgten Miss Barnes und ihrer Mädchenschar in die Kirche.

Als sie sich nach dem Gottesdienst erhoben und durch den Mittelgang dem Ausgang zustrebten, sah Frederica Miss Barnes neben ihren Mädchen in der hintersten Bankreihe sitzen. Die junge Lehrerin neigte kurz den Kopf und lächelte, als sie vorübergingen.

»Einen gesegneten Sonntag wünsche ich Ihnen, Miss Whitehouse.«

»Vielen Dank, Ihnen auch, Miss Barnes.«

Freddie war glücklich, eine freundliche Seele gefunden zu haben, und hoffte, sie könnte möglicherweise ihre Bekanntschaft mit Miss Barnes zu einem späteren Zeitpunkt vertiefen. Vielleicht konnte sie an ihrem freien Tag einmal einen Spaziergang ins Dorf unternehmen und dem Pensionat einen Besuch abstatten? Kindermädchen zu sein war eine einsame Angelegenheit und sie sehnte sich nach intelligenter Konversation mit einer gebildeten, erwachsenen Person.

Als sie ins Freie traten, hatte es wieder angefangen zu schneien und sie beeilten sich, in die Kutsche zu kommen.

»Eine lausige Kälte ist das!«, schimpfte Lord Fotheringham und wischte einige Schneeflocken von seinen Schultern.

»Ich mag Schnee!«, verkündete Lady Judith, die zwischen ihren Eltern auf der Bank saß.

»Wie ich sehe, haben Sie Bekanntschaft mit Miss Barnes gemacht?« Lady Fotheringham sprach den Namen aus, als verursache er einen üblen Geschmack in ihrem Mund.

»Ja, Mylady. Sie war mir dabei behilflich, die Kinder zur Ordnung zu rufen. Sie sagte, sie leitet ein Pensionat.«

Die Countess hob eine Augenbraue.

»Ich glaube nicht, dass eine solche Person der richtige Umgang für Sie ist, Miss Whitehouse.«

»Aber, das verstehe ich nicht. Ich empfand sie als durchaus angenehm und höflich«, warf Freddie ein und bereute es im gleichen Augenblick. Sie musste sich erst daran gewöhnen, dass es ihr in ihrer neuen Rolle nicht mehr zustand, ihrer Dienstherrschaft zu widersprechen.

»Offenbar muss ich deutlicher werden. Diese unerträgliche Person ist kaum der richtige Umgang für jemanden, der mit der Erziehung meiner Kinder betraut ist. Die Hälfte der Mädchen in ihrem sogenannten Pensionat stammt aus höchst fragwürdigen Verhältnissen. Und diese Miss Barnes, hört man, ist ein regelrechter Blaustrumpf, der den Mädchen nur Flausen in den Kopf setzt. Die einzige Hoffnung, die diese armen Dinger im Leben haben, ist es, einen anständigen Mann zu finden, der dumm und sentimental genug ist, ein mittelloses Hühnchen mit undurchsichtigem Familienhintergrund zu heiraten. Anstatt ihnen zu helfen, und sie zu sittsamen und angenehmen Ehefrauen zu erziehen, glaubt diese Person allerdings, dass eine höhere Bildung diesen erbarmungswürdigen Mädchen im Leben weiterhilft. Natürlich, niemand möchte eine dumme Frau. Aber auch keine, die kein Hemd flicken kann, aber den ganzen Tag klugschwätzt. Man sieht ja, wohin das führt. Die armen Mädchen werden enden wie Miss Barnes, und ich wünsche nicht, dass Sie sich mit diesem unmöglichen Weibsbild gemein machen, Miss Whitehouse.«

»Selbstverständlich, Mylady. Wie Sie wünschen«, entgegnete Freddie pflichtgemäß. Allerdings hatten Lady Fotheringhams Worte, die eigentlich der Abschreckung hätten dienen sollen, sie nur umso neugieriger auf die zweifelhafte Miss Barnes gemacht.

Später am Nachmittag fand sich Freddie allein in der Kinderstube wieder. Sie hatte Master Caspar und Lady Judith gerade zur Mittagsruhe hingelegt und Lord William zu seiner Reitstunde gebracht. Lord Fotheringham war der festen Überzeugung, dass nur ein guter Reiter werden konnte, wer bereits im frühesten Kindesalter damit begann, und hatte für seinen Erben eigens einen Reitlehrer engagiert.

Freddie hätte gern einen Spaziergang unternommen, doch sie traute sich nicht, die Kindestube zu verlassen, denn die Countess war bei einer Bekannten zum Tee eingeladen, und sie wollte keinesfalls Gefahr laufen, dem Earl allein zu begegnen. Sie ging zum Fenster und sah hinaus. Draußen schien die Sonne und vereinzelte Schneeflocken trudelten wie kleine Federn der Erde entgegen. Seufzend beobachtete Freddie sie bei ihrem munteren Tanz. Sie fühlte sich eingesperrt und es deprimierte sie, wenn sie daran dachte, dass dies von nun an ihr Leben war und bleiben würde, bis sie alt und grau war. Konnte das wirklich ihr Schicksalsweg sein, ihr Dasein versteckt im Kinderzimmer zu fristen? Oder war dies die gerechte Strafe für ihre sündigen Empfindungen gegenüber Violet? Der Gedanke erfüllte Freddie plötzlich mit Zorn. Sie hatte es sich nicht ausgesucht, so zu fühlen. Warum strafte Gott sie für etwas, das sie nicht zu ändern vermochte? Hatte er selbst sie nicht so erschaffen? Sie seufzte. Wenn sie nur jemanden gehabt hätte, mit dem sie wenigstens einen Teil ihrer Sorgen und Erlebnisse hätte teilen können. Plötzlich fiel ihr Miss Pritchard ein und ihr Versprechen, ihr zu schreiben. Wenn sie schon niemanden zum Reden hatte, so konnte sie doch wenigstens eine angenehme Korrespondenz führen.

Also begab sie sich in ihr Zimmer, wo sie sich an das kleine Tischchen vor dem Fenster setzte und begann, an Miss Pritchard zu schreiben.

Sie war noch nicht weit gekommen, als es plötzlich an der Tür klopfte.

»Herein!«, rief sie. Da sie glaubte, es müsse eines der Dienstmädchen sein, machte sie keine Anstalten, sich zu erheben und schrieb weiter. Hinter sich hörte sie ein Räuspern.

»Miss Whitehouse?«

Freddie sprang so rasch auf, dass sie beinahe den Stuhl umgerissen hätte.

»Lord Fotheringham! Ich, bitte verzeihen Sie, ich wusste nicht ...«

Der Earl lachte. »Aber, aber, liebe Miss Whitehouse. Kein Grund, sich zu entschuldigen. Ich bin derjenige, der um Verzeihung bitten sollte, da ich Sie in Ihrer knapp bemessenen Freizeit aufsuche.«

»Es ist ... nicht nötig, Mylord. Ich war nur dabei, einer Bekannten zu schreiben. Was kann ich für Sie tun?«

Ein selbstgefälliges Lächeln umspielte seine Lippen, als er nahe zu ihr trat und den Kopf vorbeugte, um in ihr Ohr zu sprechen.

»Eine ganze Menge können Sie für mich tun, meine Liebe und ich denke, Sie wissen auch ganz genau, was ich meine.«

»Mylord, ich bitte Sie, es wäre doch nicht ...«

»Schh!«, machte er, ganz wie man es getan hätte, um ein Kind zum Schweigen zu bringen. »Sie brauchen keine Sorge zu haben, meine Frau wird noch eine ganze Weile aus dem Haus sein. Bis William seine Reitstunde beendet, sind wir ganz ungestört.«

Frederica wich zurück und räusperte sich.

»Aber ich möchte nicht, ich kann nicht ... Ich fühle mich sehr geschmeichelt, aber ich möchte Sie bitten, zu gehen, Mylord.«

»Aha, Sie möchten sich also noch etwas sträuben und die Tugendhafte mimen. Spielen wir also noch ein Weilchen ihr Spiel.« Er griff nach ihrer Hand und wollte sie an seine Lippen bringen, aber Freddie zog sie energisch zurück.

»Ja! Genau so, so mag ich es. Wenn ich eine Frau erst erobern muss. So eine Jagd erfrischt das Herz, nicht wahr?«

»Mylord, ich muss Sie noch einmal eindringlichst bitten, zu gehen.« Freddie hatte so viel Autorität in ihre Stimme gelegt, wie sie in diesem Augenblick nur hatte aufbringen können.

»Solch ein Feuer! Das gefällt mir. Wollen wir sehen, ob sie so feurig küssen, wie Sie reden.« Damit legte er die Hand in ihre Taille, zog sie an sich und presste seine Lippen auf ihre. Freddie stand eine Weile wie erstarrt. Was sollte sie nur tun? Wenn sie sich wehrte, würde er gewiss einen Vorwand finden, sie zu entlassen, und Lady Fotheringham wäre dies sicher nur recht. Und sie war auf diese Stelle angewiesen. Jedoch, wenn sie sich nicht wehrte ...

Diesen Gedanken mochte sie gar nicht zu Ende denken. Mit beiden Händen stieß sie, so fest sie konnte, gegen seine Brust, dass er einen Schritt zurücktaumelte.

»Mylord, bitte!«, rief sie, doch er lachte nur und umfing erneut ihre Taille. Dieses Mal presste er sie weit fester gegen seinen Körper. Der Earl war kräftig und mehr als einen Kopf größer als Freddie. Seine Arme lagen wie eine Schraubzwinge um ihren Körper und sie wand sich verzweifelt, während er erneut versuchte, sie zu küssen.

»Habe ich es mir doch gedacht!«

Fotheringham ließ von ihr ab und fuhr herum. In der Tür stand die Countess und beobachtete die Szene, die sich vor ihr abspielte, mit grimmigem Blick.

Noch nie war Freddie so froh gewesen, sie zu sehen wie in diesem Augenblick, auch wenn sie wusste, dass ihre Tage als Kindermädchen in Aubrey House gezählt waren. Nach diesem Vorfall würde Lady Fotheringham sie wohl kaum weiterbeschäftigen.

»Darling, ich dachte, du seist zum Tee bei den Rotherhams.« Es klang beinahe beiläufig, wie der Earl dies sagte.

»Richtig, denn kaum bin ich aus dem Haus, kannst du es nicht lassen, mit dem Kindermädchen herumzupoussieren. Ich wusste es.« Ihr Blick wanderte zu Freddie. Die konnte nichts als blanke Verachtung darin erkennen.

»Und Sie ordinäres Weibsbild lassen sich die günstige Gelegenheit natürlich nicht entgehen. Ich weiß nicht, was Sie sich davon versprechen, ihre lüsternen Klauen in meinen Mann zu schlagen.«

»Ich habe Lord Fotheringham in keiner Weise ermuntert. Ich wollte gerade einen Brief schreiben, als er hereinkam und …«

»Lügnerin!« Lady Fotheringhams Stimme überschlug sich. Sie klang weit mehr gekränkt und verzweifelt als wütend und Frederica konnte nicht umhin, Mitgefühl mit ihr zu haben. Offenbar war dies ja nicht das erste Mal, dass ihr Mann einer anderen Frau nachstieg. Darüberhinaus schien er kaum ein schlechtes

Gewissen zu haben. »Sie sind eine widerwärtige Lügnerin und Sie werden dieses Haus umgehend verlassen.«

»Aber wo soll ich denn hin, Mylady?«

Lady Fotheringham schluckte und straffte die Schultern. Sie bedachte ihren Gatten mit einem abschätzigen Blick. Ihre Stimme klang jetzt wieder kühl und klar.

»Seine Lordschaft wird Ihnen eine Abfindung zahlen. Gerade genug, dass Sie ein Zimmer im *White Hart* und die Heimreise davon bezahlen können. Packen Sie nur das Nötigste zusammen. Sebastian wird sie hinfahren. Ihr restliches Gepäck werden wir in den Gasthof bringen lassen.«

14

SIR THOMAS DE CLAIR

Isabellas Schwester war kurze Zeit später heimgekommen und hatte sich zu ihnen gesellt, was de Clair ganz recht war. Ihre Anwesenheit hatte dem Zusammentreffen die Schwere genommen und das Unausgesprochene, das in seinem Innern an die Oberfläche drängte wie Lava in einem Vulkan, hatte sich langsam beruhigt und es war zu keinem unangemessenen Gefühlsausbruch gekommen. Am späten Nachmittag hatte er sich verabschiedet. Nach dem aufwühlenden Tag hatte er die Einsamkeit des von ihm gemieteten Privatzimmers gescheut und noch in einem der Clubs in der St. James's Street, die in fußläufiger Nähe lagen, Ablenkung gesucht und dort zu Abend gegessen. Dabei hatte er reichlich dem Port zugesprochen. Es war spät geworden, und eine angenehme Müdigkeit legte sich über ihn, als er sich, nunmehr allein, an den Kamin setzte und Marleys Brief aus der Tasche zog.

De Clair, mein alter Freund,
es geht zu Ende mit mir, und im Angesicht der eigenen Endlichkeit, wiegen all die ungesagten Dinge und ungenutzten Möglichkeiten schwer auf meiner Seele. Viele Dinge, die ich für wichtig erachtet habe, sind auf der Schwelle zum Tode belanglos geworden, und ich möchte die Zeit, die mir noch vergönnt ist, weise nutzen, um meine irdischen Belange in Ordnung zu bringen.

In dieser Stunde bereue ich es mehr denn je, dass ich zu stolz war, die Hand auszustrecken und den jahrelangen Streit beizulegen. Nie mehr habe ich einen Freund gefunden, dem ich so herzlich zugetan war, wie ich es dir gewesen bin.

Daher möchte ich dich bitten, meiner lieben Isabella in dieser schweren Zeit zu helfen, weil ich dir trotz allem mehr vertraue als jedem anderen. Es ist so, dass es mir unmöglich ist, Isabellas Verbleib auf Woodcroft Park sicherzustellen. Denn wie du dich möglicherweise erinnerst, ist unser Landbesitz an ein Erblehen gebunden und kann nicht aufgeteilt werden. Es wird also meinem Bruder Charles zufallen. Isabella hat an Woodcroft Park mehr gehangen als ich, und es betrübt mich, dass sie es verlieren wird.

Charles wird nicht lange zögern, sie vor die Tür zu setzen. Du kennst ihn. Er wird ihr kaum mehr Zeit lassen, als der Anstand verlangt. Sie wird eine neue, bescheidenere Bleibe finden müssen. Denn ihr Versorgungsteil reicht nicht, um ihren bisherigen Lebensstandard erhalten zu können.

Ach, es gibt noch so vieles, das ich dir erzählen möchte, lieber Freund. Ich hoffe, dass dieser Brief dich zur rechten Zeit erreicht und auch du unseren lächerlichen Streit vergessen kannst. Kaum jemand kennt mich besser als du, und doch gibt es noch so vieles, das du nicht weißt. Ich denke, du wirst mich besser verstehen können, wenn wir die Gelegenheit hatten, über alles zu sprechen. Und ich –

Hier brach der Brief ab. Marley musste beim Schreiben unterbrochen worden sein und war verschieden, ehe er den Brief hatte zu Ende bringen können. Wieder und wieder las Sir Thomas die Zeilen, während Tränen in seine Augen traten. Er würde Marley nie eine Antwort geben können, ihm sagen, dass auch er ihren

Streit all die Jahre bereut hatte, ja sogar damals nicht gewollt hatte. Hatte er doch nur einen Anlass gebraucht, sich zurückzuziehen. Ihn mit Isabella zu sehen, war ihm in den Monaten nach der Hochzeit zunehmend zur Qual geworden. Nur mit Mühe hatte er seine Gefühle verbergen können.

Es war zunächst befreiend gewesen, eine große Erleichterung, Abstand zu gewinnen. Er hatte nicht riskieren wollen, dass er sich versündigte. Lieber den jähen Schmerz der Trennung ertragen als die langsame, beständige Quälerei, die es gewesen war, Isabella stets um sich zu haben, ohne ihr gestehen zu können, was er für sie empfand.

Draußen hörte er die Turmuhr von *St James-in-the-Fields* schlagen. Elf Uhr. Er gähnte, faltete Marleys Brief zusammen und ließ die Hände in den Schoß sinken.

»Ach, lieber Freund! Was gäbe ich nicht darum, noch einmal mit dir sprechen zu können und all das zu sagen, was mir auf dem Herzen liegt. Könnte ich dich nur einmal noch um Verzeihung bitten, dir erklären, warum ich unsere Freundschaft opferte, um wieder atmen zu können. Aber ich kann es nicht. Ich wünschte, ich könnte die Zeit zurückdrehen und alles anders machen.«

Er seufzte und rieb sich die Augen. Höchste Zeit, zu Bett zu gehen. Doch die Wärme, das hypnotische Flackern der Flammen im Kamin und der Port hatten eine wohlige Schwere über ihn gelegt, die es ihm beinahe unmöglich machte, sich aus dem Sessel zu erheben. Abermals gähnte er. Langsam sank sein Kinn auf die Brust und die Augen fielen ihm zu.

Eine Weile später schreckte er hoch. Wie lange hatte er geschlafen? Das Feuer war schon fast heruntergebrannt. Winzige bläuliche Flammen leckten an den letzten Glutresten. Wieder ertönte die Turmuhr. Mitternacht. Er hatte also eine volle Stunde geschlafen. Kein Wunder, dass sich seine Glieder so steif anfühlten. Sir Thomas erhob sich, um die Glut noch einmal aufzuschüren. Jedoch als er mit dem Schürhaken darin stocherte und die Flammen aufschlugen, schrak er zurück. Er blinzelte. War da nicht ein Gesicht in den Flammen gewesen? Er schüttelte den Kopf. Ach, Humbug! Er hätte es mit dem Port nicht so übertreiben sollen. Da hörte er es. Leise, zischend, wie ein Windhauch. Ein Flüstern. Hinter ihm hatte jemand seinen Namen geflüstert. Und wieder:

Thomas. Thomas de Clair.

Sir Thomas fuhr herum und blinzelte in die Schwärze des Zimmers hinter ihm, bis seine Augen sich langsam wieder an die Dunkelheit gewöhnt hatten und er Formen erkennen konnte. Doch da war nichts. Vorsichtig machte er einige Schritte vorwärts, die Faust fest um den Griff des Schürhakens geschlossen, spähte in jeden Winkel des Zimmers, doch da war niemand.

Thomas. Thomas de Clair.

Die Stimme kam vom Kamin hinter ihm. Wieder wirbelte er herum.

»Wer ... wer ist da?«

Ein leises Lachen ertönte. Es schien aus dem Sessel zu kommen, dessen hohe Rückenlehne ihm zugekehrt war.

Sir Thomas fuhr zusammen. Auf der Armlehne konnte er eine Hand erkennen. Es war die Hand eines

Kindes. Jedoch schien sie weniger materielle Substanz zu haben, als die Hand eines Kindes hätte haben sollen, und ein seltsam überirdischer Schimmer ging von ihr aus.

»Wer bist du?«, rief Sir Thomas. »Wer bist du und wie bist du hereingekommen?«

»Errätst du es denn nicht?« Die Stimme, die aus dem Sessel zu ihm drang, war die eines Knaben, jedoch zugleich die eines Mannes. Er schüttelte erneut den Kopf. Humbug! Das ergab doch überhaupt keinen Sinn.

»Komm hervor und zeige dich mir!« Er hatte sich Mühe gegeben, mit fester Stimme zu sprechen, doch ein leichtes Zittern verriet seine Aufregung.

Die Hand auf der Armlehne verschwand. Dafür schob sich jetzt ein kleines, schmales Knabengesicht hinter der Rückenlehne hervor. Sir Thomas wich einen Schritt zurück.

Der Knabe, der neugierig über die Lehne des Sessels lugte und ihn mit seinen großen blauen Augen aufmerksam musterte, lächelte verschmitzt.

»Alt bist du geworden. Du hast ja vorne bald keine Haare mehr.«

Unwillkürlich fuhr sich de Clair mit der Hand durch das Haar, das in der Tat schon Ansätze von Geheimratsecken erkennen ließ.

»Alt und grau. Wie ein Stein.« Der Knabe feixte und streckte die Zunge heraus. »Und stumm scheinst du auch noch zu sein.«

Sir Thomas schluckte.

»Aber ... aber das kann nicht sein. Du bist tot.«

»Besser tot als alt und grau. Und stumm wie ein Fisch.« Das Knabengesicht verschwand für einen

Moment. Dann plötzlich, Sir Thomas hatte kaum eine Bewegung vernommen, stand der Junge direkt vor ihm und sah ihn herausfordernd an.

»Früher warst du gesprächiger. Und witziger warst du auch.«

»Aber ... du bist tot!«, wiederholte Sir Thomas.

»Das sagtest du bereits. Aber wenn das wahr ist, dann bist du es wohl auch.«

Sir Thomas erschrak, sah an sich herab und betastete seine Glieder.

»Entweder das oder ich muss wohl ein Geist sein«, sagte der Knabe, in dem Sir Thomas seinen alten Freund Phineas Marley erkannt hatte.

»Was willst du von mir?«

»Nun, du wünschtest eben, du könntest noch einmal mit mir sprechen. Und du wünschtest, du könntest die Vergangenheit ändern. Deswegen bin ich gekommen. Komm, reich mir deine Hand, alter Freund. Wir wollen eine kleine Reise unternehmen.«

Marley streckte die kleine, fast durchscheinende Knabenhand aus. Im ersten Moment war Sir Thomas danach, fortzulaufen, hinaus auf die Straße, fort von dieser Geistererscheinung. Doch als er in das lächelnde Gesicht seines Freundes sah, aus dem die blauen Augen ihn so fröhlich und ohne Argwohn anblickten, streckte er schließlich den Arm aus und ergriff die kleine, blasse Hand.

15

MISS MIRIAM PRITCHARD

»George. Kennen Sie den alten Herrn dort drüben? Vielleicht ein Kunde?« Miriam blickte aus dem Fenster, wo sie auf dem gegenüberliegenden Trottoir, halb verdeckt durch eine haltende Droschke, wieder den alten Gentleman in dem braunen Pelerinenmantel entdeckt hatte.

George folgte ihrem Blick und sah ebenfalls zur anderen Straßenseite hinüber.

»Nein. Nicht dass ich wüsste. Einen so eleganten Herrn hätte ich mir gewiss gemerkt.«

»Seltsam. Ich habe ihn in den vergangenen Tagen schon dreimal hier gesehen. Fast scheint es, als beobachte er die Buchhandlung.«

George lachte und schüttelte den Kopf.

»Ein reicher, alter Gentleman, der meine Buchhandlung beobachtet? Warum sollte er das tun?«

»Ich weiß nicht. Vielleicht sucht er jemanden.« Miriam musste an Alfred denken. Sie wusste doch so gut wie nichts über ihn. War es möglich, dass er auf der Flucht war oder sich verstecken musste? Allerdings machte der alte Herr keinen besonders böswilligen Eindruck.

»Sie sollten weniger Schauerromane lesen, Miriam. Ich denke, er wird hier in der Nähe zu tun haben und deswegen öfter vorbeikommen.« George nahm einen Stapel Bücher vom Verkaufstresen und machte sich daran, sie zurück in die Regale zu stellen.

Wahrscheinlich hatte er recht. Dennoch ließ Miriam der Gedanke an den alten Gentleman nicht ganz los. Er kam ihr seltsam bekannt vor. So als hätte sie ihn schon einmal irgendwo gesehen. Da gerade keine Kunden im Laden waren, nahm Miriam den Federwisch zur Hand und machte sich daran, die Regale abzustauben, als es ihr plötzlich siedend heiß einfiel! Natürlich! Jetzt wusste sie wieder, wo sie den Herrn schon einmal gesehen hatte. Es war der missgelaunte, alte Gentleman aus der Kutsche. Warum war ihr das nicht gleich aufgefallen? Ihre Wege hatten sich in Dunstable getrennt, aber offenbar war er ebenfalls nach London weitergereist. Die Sache wurde ja immer merkwürdiger. Was suchte er in der Buchhandlung. Ob er ihr gefolgt war? Aber warum? Sie legte den Staubwedel beiseite und sah zum Fenster. Noch immer stand er auf der gegenüberliegenden Straßenseite. Er sah nicht in ihre Richtung, sondern hatte den Kopf gesenkt und schien etwas in seinen Händen zu betrachten.

»George! Ich bin sofort zurück«, rief sie und lief energischen Schrittes auf die Straße hinaus. Hinter ihr bimmelten die Glöckchen, als die Ladentür zuschlug. Der alte Gentleman sah auf. Sein Blick wirkte erschrocken, als er sie entdeckte und auf sich zukommen sah. Eilig wandte er sich ab und lief davon.

»He! Hallo! Sir! Warten Sie!«, rief Miriam und wollte ihm hinterherlaufen, doch es dauerte eine Weile, bis sie die Straße überqueren konnte. Sie sah gerade noch den Zipfel seines Mantels in einer Droschke verschwinden, die in südliche Richtung davonfuhr.

»Verflixt!«, rief sie und wollte gerade in den Laden zurückkehren, als ihr etwas Blinkendes im Schneematsch des Trottoirs auffiel. Sie bückte sich und hob es auf. Es war ein hübsches, kleines Medaillon mit einer filigranen Gravur aus Blumenranken und Blättern. Ob es das gewesen war, was der Alte betrachtet hatte? Hatte er es verloren? Miriam klappte das Schmuckstück auf und hätte es beinahe wieder fallenlassen: Es zeigte ein Jugendbildnis ihrer Mutter! Genau so eines stand in einem zierlichen goldenen Rahmen auf dem Kamin daheim in Bangor. Es war größer als das winzige Porträt in dem Medaillon, doch beide Bilder zeigten eindeutig dasselbe Gesicht.

Die rätselhafte Angelegenheit mit dem alten Gentleman und dem verlorenen Medaillon, das ihre Mutter zeigte, wollte ihr den ganzen Tag nicht aus dem Kopf gehen. Ständig grübelte sie darüber nach, was es wohl zu bedeuten hatte, dass dieser Fremde, der sie offenbar beobachtet hatte, ein Schmuckstück mit einem Porträt ihrer Mutter mit sich herumtrug. Warum war er mit ihr in derselben Kutsche gereist? Hatte er sie etwas verfolgt? Aber er war doch erst in Chester zugestiegen. Konnte er gewusst haben, dass sie in der Postkutsche unterwegs war? Aber woher? Und was wollte er von ihr? Ob ihre Mutter den Herrn kannte? Hatte sie ihn womöglich beauftragt, sie zu beobachten?

Allerdings konnte sich Miriam kaum vorstellen, dass ihre Mutter einen Spion beauftragte. Wenn sie wissen wollte, ob es Miriam gutging und sie in der fremden Stadt keinen Unsinn anstellte, hätte sie schließlich nur Tante Augusta oder George zu schreiben brauchen.

Nein, es musste eine andere Bewandtnis mit dem rätselhaften Gentleman haben. Der Kleidung nach handelte es sich um eine sehr wohlhabende Person.

Vermutlich war der Mann ein Adliger oder ein reicher Kaufmann. Konnte es ein Verwandter ihrer Mutter sein? Alles, was sie über die Familie mütterlicherseits wusste, war, dass Elizabeth eine Waise war. Was, wenn das nicht die Wahrheit war?

Doch warum sollte ihre Mutter sie über ihre Herkunft belogen haben? Miriam seufzte. Ob sie Tante Augusta fragen sollte? Aber wenn ihre eigene Mutter ihr die Unwahrheit gesagt hatte, konnte sie ihrer Tante in dieser Angelegenheit vertrauen? Die Fragen wirbelten wild in ihrem Kopf durcheinander und Miriam konnte es nicht abwarten, nach Hause zu kommen, um in Ruhe über all das nachzudenken. Doch ausgerechnet heute wollten die Stunden einfach nicht verstreichen.

Schließlich aber war es dann doch sieben Uhr und Miriam verabschiedete sich von George, um heimzufahren.

Vor dem Gebäude traf sie auf Alfred, der dabei war, Schnee zu schippen.

»Alfred! Sollten Sie sich nicht lieber noch eine Weile schonen?«, rief sie.

»Es geht mir schon wieder viel besser und ich wollte mich nützlich machen.« Er lehnte die Schaufel an die Wand und nahm den großen Reisigbesen, mit dem er die letzten Reste des Schnees vom Gehsteig fegte. »Das habe ich Ihrer Fürsorge und den abendlichen Lyrikvorträgen zu verdanken, Miss Pritchard.«

Miriam spürte, wie sie errötete, und strich sich verlegen eine Haarsträhne hinter das Ohr.

»Und Ihr Gedächtnis?«

Alfred hob die Schultern.

»Noch immer nichts.«

Kurz hatte Miriam den Eindruck, als weiche er ihrem Blick aus.

»So, fertig. Ich hoffe, es fängt nicht so bald wieder an zu schneien.« Damit schulterte er Besen und Schaufel und stapfte in Richtung der Stallungen davon. Miriam sah ihm noch einen Augenblick nach, dann ging sie ins Haus.

Noch immer beschäftigten sie der alte Gentleman und das Medaillon mit der Miniatur ihrer Mutter. Sie überlegte, ob sie ihrer Tante davon erzählen sollte, jedoch hatte die Angelegenheit sie misstrauisch gemacht. Offenbar hatte man ihr doch wichtige Dinge vorenthalten. Sie beschloss, sich Alfred anzuvertrauen. Vielleicht hatte der eine Idee, was es mit dem Medaillon auf sich hatte, oder was sie tun könnte, um es herauszufinden.

»Herein!«, rief Alfred, nachdem sie geklopft hatte. Als sie öffnete saß er auf seinem Bett und erhob sich, als sie eintrat.

»Miss Pritchard. Wie schön.« Er lächelte. »Sind Sie wieder gekommen, um mir vorzulesen? Es ist mir inzwischen eine liebe Tradition geworden.«

»Nein. Ich könnte in einer äußerst rätselhaften Angelegenheit einen guten Rat gebrauchen. Vielleicht können Sie mir helfen.«

Alfred sah sie fragend an, ließ sich aber auf die Bettkante nieder.

»Kommen Sie, setzen Sie sich her und erzählen Sie, was Sie auf dem Herzen haben.«

»Höchst eigenartig«, sagte Alfred, als Miriam geendet hatte. »Wirklich höchst eigenartig. Dürfte ich das Medaillon einmal sehen?«

»Aber natürlich. Hier ist es.« Sie reichte es Alfred, der es aufklappte und nachdenklich das Porträt betrachtete. »Eine sehr schöne Frau, Ihre Mutter. Das scheint in der Familie zu liegen.« Miriam spürte, wie unter seinem Blick ihre Wangen heiß wurden und betrachtete mit Hingabe die Hände in ihrem Schoß.

»Könnte dieser Mann vielleicht ein ehemaliger Liebhaber Ihrer Mutter sein?«, mutmaßte Alfred.

»O nein! Das kann ich mir nicht vorstellen. Dazu wäre er doch viel zu alt.«

»Aber warum trägt er dann ein Porträt Ihrer Mutter als junge Frau bei sich?« Alfred kratzte sich an der Schläfe. »Ist Ihre Mutter in Bangor aufgewachsen?«

»Nein. Soviel ich weiß nicht. Aber ich weiß so gut wie gar nichts über ihre Herkunft. Außer, dass sie uns immer erzählt hat, sie habe keine Geschwister und auch keine Eltern mehr.«

»Der alte Herr könnte möglicherweise ein Onkel sein oder so etwas. Irgendein Verwandter, der nach ihr sucht. Vielleicht hat sie eine Erbschaft gemacht?«

»Hm. Möglich.« Nachdenklich drehte Miriam eine Haarsträhne um den Zeigefinger. »Es nützt nichts, ich muss den Gentleman ansprechen, wenn er wieder auftaucht.«

Als sie aufsah, bemerkte sie, dass Alfred sie aufmerksam betrachtete.

»Was? Was ist los? Habe ich etwas Falsches gesagt?«

»Nein.«

»Aber Sie schauen so.«

»Ich schaue Sie an, Miss Pritchard. Ich schaue Sie an, und ich wünschte, ich könnte für immer hier bleiben und jeden Abend zuhören, wie Sie mir vorlesen.«

Miriam konnte das Blut in ihren Ohren rauschen und ihr eigenes Herz schlagen hören.

»Das ... das ist eine schöne Vorstellung.«

Alfred ergriff ihre Hände, hob sie nacheinander an seine Lippen und hauchte zarte Küsse darauf.

»Es kommt mir wie eine schicksalhafte Fügung vor, dass Sie mich draußen im Schnee fanden. Und obwohl es erst wenige Tage her ist, habe ich das Gefühl, Sie schon mein ganzes Leben zu kennen. Sie sind so ein optimistischer und warmherziger Mensch. Was wäre wohl aus mir geworden, wenn Sie mich nicht aufgelesen hätten?«

»Jemand anderes wäre gekommen und hätte Ihnen geholfen«, entgegnete Miriam und schlug den Blick nieder.

Alfred lachte und schüttelte den Kopf.

»Nein. Ich denke, Sie wissen ebenso gut wie ich, dass es vermutlich mein Tod gewesen wäre. Aber es ist reizend, wie Sie erröten.«

Miriam musste lächeln. Noch immer lagen ihre Hände in seinen, und sie sahen einander lange schweigend an.

»Miss Pritchard. Miriam«, sagte Alfred schließlich leise. »Ich würde Sie gern küssen.«

Mit klopfendem Herzen schloss Miriam die Augen und lehnte sich vor. Kurz darauf spürte sie seine weichen, warmen Lippen auf ihren. Ganz zart und vorsichtig.

»Miriam, es mag verrückt sein, so etwas zu fragen, obwohl wir uns doch erst wenige Tage kennen, aber könnten Sie sich vorstellen, meine Frau zu werden?«

Miriam biss sich auf die Unterlippe, die von der sanften Berührung seines Kusses noch immer kribbelte.

»Aber Alfred. Wie soll das gehen? Wie soll ich einen Mann heiraten, der noch nicht einmal seinen eigenen Nachnamen kennt? Wovon sollten wir leben?«

Alfred sah sie mit ernstem Blick an.

»Miriam, ich fürchte, ich muss Ihnen noch ein Geständnis machen.«

16

LORD CHESTER

Miss Pritchard die Pensionswirtin hatte es gesagt: seine Enkelin Miriam arbeitete als Verkäuferin in dem kleinen Buchladen am Piccadilly. Es konnte nicht anders sein. Zurück in der Unterkunft versuchte Chester, sich die Kutschfahrt in Erinnerung zu rufen. Er glaubte, gehört zu haben, dass das junge Mädchen mit einem deutlichen Dialekt gesprochen hatte.Miss Pritchard hatte verraten, dass Elizabeth mit ihrer Familie in Bangor lebte. Es konnte gar nicht anders sein. Die junge Frau, die während der gesamten Strecke von Chester bis nach Dunstable neben ihm gesessen hatte und unterwegs in derselben Herberge eingekehrt war, konnte niemand anderes sein als seine Enkelin Miriam. Er hatte sie weder in der Kutsche, noch in dem Gasthof in Coventry, wo sie übernachtet hatten, genau angesehen. Allerdings hatte er dort auch in einem privaten Speisezimmer zu Abend gegessen. Auch während des Aufenthalts in Dunstable hatte er sie nicht näher betrachtet, denn dort hatte die junge Dame, die ihm in der Kutsche gegenüber gesessen hatte, seine Aufmerksamkeit gefesselt. Es ärgerte ihn nun, dass er dem jungen, fröhlichen Mädchen kaum Beachtung geschenkt hatte. Insgesamt schien sie mit ihren haselnussbraunen Haaren eher nach ihrem Vater zu kommen, und Chester hätte zu gern herausgefunden, ob sie Ähnlichkeit mit seiner Elizabeth hatte.

In seiner Tasche fischte er nach dem Medaillon, das er mitgenommen hatte, zog es heraus und klappte es auf. Im Innern des Schmuckstücks verbarg sich eine Miniatur, die Elizabeth kurz vor ihrer heimlichen Flucht zeigte. Auf die Entfernung und getrennt durch das Glas des Schaufensters hatte er sie nicht gut genug erkennen können. Die Entdeckung allerdings, dass es sich bei dem Mädchen aus der Kutsche um Miriam handelte, hatte ihn derart verwirrt, dass er sich nicht getraut hatte, den Laden zu betreten und unverrichteter Dinge in sein Zimmer zurückgekehrt war.

Das Gespräch mit Miriams Tante und die Tatsache, dass er während der vielen Stunden zwischen Chester und Dunstable neben seiner Enkelin gesessen und sie nicht erkannt, ja nicht einmal den Versuch gemacht hatte, sie kennenzulernen, hatten ihn zutiefst verunsichert. Gewiss, er konnte sich sagen, dass es sich nicht gehörte, eine Frau anzusprechen, der man nicht vorgestellt worden war. Doch die Umstände der Reise, sowie ihr Malheur auf der Zollstraße, hätten es durchaus gerechtfertigt, sich seinen Mitreisenden vorzustellen und ein Gespräch anzufangen.

Wie sollte er sich nun seiner Enkelin vorstellen? Wie erklären, dass er all die Jahre nicht den Versuch gemacht hatte, die Familie wieder zu vereinen? Er schämte sich dafür und fragte sich, ob es Elizabeth und seiner Familie nicht vielleicht in der Tat besser ginge, wenn er sich aus ihren Angelegenheiten heraushielte.

Es ärgerte ihn, dass er nicht den Mut gehabt hatte, sich dieser Begegnung zu stellen. Andererseits hallten

Miss Pritchards Worte in ihm nach. War es wirklich gut, das Leben dieses jungen Mädchens durcheinanderzubringen? War es nicht selbstsüchtig von ihm, sich jetzt nach all der Zeit in das Leben dieser Familie zu drängen? Vielleicht war es besser, wenn er sich wieder in die Kutsche setzte und die Heimreise antrat, doch jetzt, da er Miriam gesehen hatte, konnte er nicht einfach wieder fortgehen. Ohne es zu wissen, war sie nun Teil seines Lebens geworden, und er würde nicht so tun können, als wisse er nichts von ihrer Existenz.

Seine nächsten Schritte wollten wohlüberlegt sein. Er musste mit Fingerspitzengefühl vorgehen, wollte er nicht riskieren, dass Miriam ähnlich reagierte wie ihre Tante. Genau wie Elizabeth hatte das Mädchen allen Grund dazu, ihn zu hassen. Und nichts fürchtete er in diesem Augenblick mehr, als dass sie ihm dies ins Gesicht sagen könnte, genau wie Elizabeth es getan hatte. Damals, am Vorabend ihrer Flucht. An jenem fatalen Abend, an dem er noch die Chance gehabt hatte, einzulenken, ihre Verlobung und den nicht standesgemäßen Schwiegersohn zu akzeptieren.

Er fragte sich, wie wohl sein Leben heute aussähe, hätte er sich an jenem Abend anders entschieden. Hätte er Miriam und ihre Geschwister aufwachsen sehen? Würde er sich im Kreise seiner Familie auf das Weihnachtsfest vorbereiten, anstatt als einsamer Witwer in einem viel zu großen Herrenhaus zu sitzen und darauf zu warten, dass sein Leben verstrich?

Er beschloss, noch eine Weile in London zu bleiben. Eine so wichtige Entscheidung sollte er nicht übers Knie brechen. Er würde sich Zeit nehmen und alles in

Ruhe durchdenken. Schließlich wartete daheim niemand auf ihn.

Die folgenden Tage führte Chesters Weg ihn immer wieder zu der Buchhandlung an der Piccadilly. Er konnte einfach nicht anders. Er wollte nach Miriam sehen. Der Gedanke, dass dies seine Enkelin war, erfüllte ihn mit einem gewissen Stolz. Auf der Reise hatte er sie für ein albernes und überdrehtes Geschöpf gehalten, doch hier in der Buchhandlung wirkte sie wesentlich reifer, würdevoller. Vielleicht machten es auch das hochgeschlossene, dunkle Kleid und die aufgesteckten Haare. Oder es war schlicht der Umstand, dass er sie jetzt mit großväterlicher Milde betrachtete?

Auch an diesem Tag hatte er sich in der Piccadilly wiedergefunden. Um nicht aufzufallen, hatte er dieses Mal Posten auf der gegenüberliegenden Straßenseite bezogen, wo eine wartende Droschke ihn halb verdeckte.

Miriam stand hinter dem Verkaufstresen und unterhielt sich mit Mr Sawyer. Ein paar Mal schienen sie in seine Richtung zu blicken und Chester hoffte, dass sie ihn hinter der Droschke nicht sehen konnten. Kurze Zeit später verschwand Sawyer mit einem Bücherstapel und Miriam begann, mit einem Staubwedel über die Regale zu wischen.

Chester dachte seit Tagen krampfhaft darüber nach, was er sagen könnte. Wie konnte er erklären, wer er war und warum er sie nicht bereits in der Kutsche angesprochen hatte? Die Geschichte war kompliziert und klang so unwahrscheinlich, dass er fürchtete, sie würde ihm nicht glauben.

Seine Finger berührten das Medaillon in seiner Manteltasche und er zog es heraus, um noch einmal Elizabeths Porträt zu betrachten. Vielleicht konnte ihr Anblick ihm den nötigen Mut verleihen, die Straße zu überqueren, den Laden zu betreten und Miriam anzusprechen.

Er hörte entfernt das Klingeln der Glöckchen über der Ladentür, klappte das Schmuckstück zu und sah auf. Sein Herz schien einen Schlag auszusetzen. Drüben stand Miriam und sah zu ihm herüber. Sie musste ihn bemerkt haben und war auf die Straße getreten, um ihn zur Rede zu stellen. Mit einem wütenden Ausdruck starrte sie ihn an. Chester war froh über den nicht abreißenden Strom der Fuhrwerke, der über die Straße rumpelte.

Hektisch steckte er das Medaillon wieder in die Manteltasche und lief davon. Er war nicht darauf vorbereitet, Miriam zu begegnen. Nicht so, nicht jetzt. Was hätte er denn sagen sollen?

»He! Hallo! Sir! Warten Sie!«, hörte er Miriam hinter sich rufen und lief, so schnell er konnte. Miriam war jünger und besser zu Fuß als er. Sie würde ihn bald einholen, wenn ihm nicht etwas Besseres einfiel.

Da! Eine wartende Mietdroschke kam ihm gerade gelegen. Er wies den Fahrer an, ihn zu White's zu bringen. Dann kletterte er in den Fond und schloss den Schlag. Der Kutscher ließ die Peitsche knallen und schon setzte sich die Droschke rumpelnd in Bewegung.

Chester kam sich albern vor, dass er vor Miriam davongelaufen war, anstatt sich der Begegnung zu stellen. Seine Flucht hatte die Dinge doch nur komplizierter gemacht, als sie es ohnehin waren. Was musste sie nun von ihm denken? Er hatte die Sache ordentlich vermasselt.

Im White's bestellte er Brandy und setzte sich an den Kamin, um darüber nachzudenken, wie er nun weiter vorgehen wollte.

Am klügsten war es wohl, sie bei Miss Pritchard in der Pension aufzusuchen. Miriams Tante kannte schließlich die volle Wahrheit und würde seine Geschichte, so unglaublich sie auch klingen mochte, bestätigen können.

Gleich morgen Abend würde er hingehen und Miriam alles erklären. Tagsüber würde er sie dort nicht finden, da war sie auf der Arbeit. Die Buchhandlung schloss um sieben. Wenn er sich um acht aufmachte, stand die Chance recht gut, sie zu Hause anzutreffen.

Chester nahm einen großen Schluck Brandy. Jetzt musste ihm nur noch einfallen, wie er ihr die ganze vertrackte Angelegenheit erklären konnte.

17

MISS FREDERICA WHITEHOUSE

Freddie setzte sich auf. Sie hatte die Nacht über kaum geschlafen und war vollkommen erschöpft. Ihr Kopf schmerzte vom Weinen, und sie rieb sich die Augen, die sich heiß und verquollen anfühlten. Das Gastzimmer im *White Hart* war klein, aber behaglich, und sie hätte sich dort unter anderen Umständen gewiss wohlfühlen können, doch jetzt hatte sie das Gefühl, die Wände müssten sie erdrücken. Sie konnte einfach keinen klaren Gedanken fassen. Was sollte nun geschehen?

Sie konnte unmöglich nach Hause zurück. Nach allem, was vorgefallen war, hatte Frederica Zweifel, ob ihre Eltern sie überhaupt wieder aufnehmen würden. Erst recht nicht, wenn sie hörten, dass ihr nach wenig mehr als einer Woche die Stellung bereits wieder gekündigt worden war. Den Grund dafür konnte Frederica ihnen auch kaum nennen. Zu sehr schämte sie sich dafür. Gewiss würden ihre Eltern ebenso wie Lady Fotheringham sie für den Übergriff des Earls verantwortlich machen. Wer würde ihr schon glauben? Einer Frau, die ohne Grund und aus heiterem Himmel die Verlobung mit einem vielversprechenden Gentleman löste, der sie aufrichtig liebte, und ihren Eltern mit ihrer Halsstarrigkeit Schande gemacht hatte?

Vermutlich würde Vater sich mit viel Mühe von Tante Caroline erweichen lassen, Freddie wieder zu Hause aufzunehmen. Allerdings würde sie bis ans Ende seiner Tage bei ihm zu Kreuze kriechen müssen, oder noch viel wahrscheinlicher war, dass er es nur unter der Bedingung täte, dass sie den nächstbesten Mann heiratete, der sie nach dem Skandal um die gelöste Verlobung noch haben wollte. Und dass dies zweifelsohne kein besonders begehrenswerter Fang sein würde, dessen konnte sie sich gewiss sein.

Vom vielen Weinen fühlte sich ihr Kopf ganz heiß und dumpf an und hinter ihren Schläfen pochte es. Sie musste dringend aus diesem Zimmer hinaus. Ein wenig Abkühlung und frische Luft würden ihr guttun, und sie würde sich auch um die Modalitäten ihrer Heimreise kümmern können.

Frederica zog ihren Mantel an und legte ihr Reisecape mit dem Hermelinbesatz um die Schultern, dann verließ sie das *White Hart* und stapfte die Hauptstraße entlang durch den knöchelhohen Schnee. Es zog sie in Richtung der Kirche, denn sie hoffte, dort ungestört eine Runde um den Kirchweiher machen zu können und in Ruhe darüber nachzudenken, was nun zu tun sei. Sie musste zurück nach Dunstable und von dort war es vermutlich am besten, die Postkutsche zu nehmen. Als sie sich dem Weiher näherte, drangen Kinderstimmen und Gelächter an ihr Ohr. Mit der Ruhe war es also nicht weit her. Als sie herankam, sah sie, dass einige Mädchen auf dem zugefrorenen Weiher Schlittschuh liefen. An eine Weide gelehnt, deren reifbedeckte Zweige bis in die Eisfläche herabhingen, blieb sie stehen und beobachtete die Mädchen, die lachend ihre Runden drehten. Wie unbeschwert und fröhlich sie wirkten und wie Freddie sie dafür beneidete! Während sie ihnen zusah, bemerkte sie, dass ihr einige Gesichter vage bekannt vorkamen. Es mussten wohl

Mädchen aus Miss Barnes' Pensionat sein. Eine seltsame Aufregung erfasste sie, als sie an die junge Lehrerin dachte, und es stimmte sie traurig, dass sie nun doch nicht die Gelegenheit erhalten würde, nähere Bekanntschaft mit ihr zu machen.

»Miss Whitehouse! Wie schön, Sie wiederzusehen.« Es fühlte sich an, als habe ihr Herz einen Augenblick ausgesetzt, als sie die Stimme hinter sich hörte und mit einem Schlag wurde ihr bewusst, dass es nicht bloße Neugier war, die sie für Miss Barnes empfand. Sie konnte spüren, wie ihre Wangen sich erhitzten und hoffte, dass Lydia Barnes dies auf die Kälte zurückführen würde. Langsam wandte Frederica sich um.

»Guten Tag, Miss Barnes. Ich habe Ihren Mädchen zugesehen. Sie scheinen sich prächtig zu amüsieren.«

Die junge Lehrerin lächelte. »Ich finde, auch das gehört zu einer umfassenden Ausbildung, dass man lernt, sich an den vielen herrlichen Dingen und Fähigkeiten, die Gott uns gegeben hat, zu erfreuen.«

Freddie gefiel dieser Gedanke. »Da kann ich Ihnen nur recht geben.«

»Wie haben Sie sich in Aubrey House eingelebt?«

Frederica fühlte einen Kloß im Hals und schluckte.

»Ich ... arbeite nicht mehr bei den Fotheringhams. Ich werde noch in den nächsten Tagen nach Hause zurückkehren.«

Miss Barnes hatte die Stirn in Falten gelegt. Der Ausdruck in ihrem Gesicht spiegelte ehrliches Interesse und Aufmerksamkeit. »Was ist geschehen?«

Frederica konnte unmöglich erzählen, was zwischen ihr und Lord Fotheringham vorgefallen war. Man würde sie der üblen Nachrede zeihen und sie war sicher, dass Lady Fotheringham Mittel und Wege finden würde, es zu ahnden. Sie hatte ihr eingeschärft, dass über den Zwischenfall absolutes Stillschweigen zu wahren sei, um den guten Ruf ihrer Familie nicht in den Schmutz zu ziehen. Dem Earl geschähe es ganz recht, jedoch konnte Freddie nicht umhin, Mitgefühl für die Countess und ihre Kinder zu empfinden.

»Es ... es gab ein Missverständnis. Und Lady Fotheringham sah sich veranlasst, mich gehen zu lassen.« Sie schluckte. Aus ihren klaren, blauen Augen sah die junge Pensionatsleiterin Freddie forschend an. Eine senkrechte Falte hatte sich über ihrer Nasenwurzel gebildet.

»Ein Missverständnis also«, wiederholte sie und betonte dabei das Wort auf eine Art, die verriet, dass sie es nicht glaubte. »Ich nehme an, dieses Missverständnis ist auf Seiten seiner Lordschaft zu suchen.« Es klang mehr wie eine Feststellung als wie eine Frage und die Art, wie Miss Barnes sie dabei ansah, trieb Freddie die Tränen in die Augen. Sie wollte nicht schon wieder weinen. Schon gar nicht vor einer fast Fremden.

Wortlos zupfte Miss Barnes ein besticktes Taschentuch aus ihrer Manteltasche und reichte es Freddie, die sich bedankte und die Augen damit abtupfte.

»Wissen Sie was? Sie werden mich und die Mädchen jetzt ins Pensionat begleiten, ich werde uns einen schönen heißen Tee bereiten lassen und dann erzählen Sie mir, was wirklich vorgefallen ist.«

»Ich, es tut mir leid, ich kann nicht.« Frederica rang um Beherrschung. Beinahe hätte sie wieder losgeweint.

»Es ehrt sie, dass Sie Diskretion wahren möchten, und Sie müssen mir nichts weiter erzählen. Ich kann mir auch so denken, was sich ereignet hat. Eine Frau ihrer Stellung ist einer solchen Situation leider nur allzu oft schutzlos ausgeliefert. Es tut mir so leid für Sie. Sind Sie sicher, dass Sie nicht mit mir kommen wollen? Sie sehen aus, als ob Sie gut jemanden zum Reden gebrauchen könnten.« Miss Barnes hatte etwas überaus Vertrauenerweckendes an sich, und Freddie hätte in der Tat gern jemanden gehabt, dem sie ihr Herz ausschütten konnte.

»Ich werde die Mädchen holen und Sie können in der Zwischenzeit überlegen, ob Sie uns begleiten wollen oder lieber nicht.«

Frederica sah ihr nach, wie sie zum Weiher hinunterlief, um ihre Schützlinge einzusammeln, und abermals durchfuhr sie die Erkenntnis, dass diese Frau begonnen hatte, sie zu interessieren. Und obwohl sie sich im Klaren war, dass es nicht ratsam war, sich womöglich in noch weit größere Schwierigkeiten zu bringen, war die Versuchung zu groß. Sie wollte mehr über diese faszinierende und kluge Frau erfahren. Das wusste sie so sicher, wie sie gewusst hatte, dass sie Cedric nicht heiraten konnte.

»Und nun werden Sie wieder nach Hause zurückkehren?« Lydia Barnes, die aufmerksam zugehört hatte, stellte ihre Tasse auf dem Tisch ab.

»Es bleibt mir doch wohl nichts anderes übrig«, entgegnete Freddie resigniert. »So schnell werde ich keine neue Stelle finden. Es wird nach allem gewiss nicht angenehm werden, aber ich habe keine andere Wahl, als meinen Vater um Verzeihung zu bitten und anzuflehen, das er mich wieder aufnimmt.«

Miss Barnes legte den Kopf schief. »Das würde ich noch nicht unbedingt sagen. Wie steht es um Ihre Französischkenntnisse und Ihre Zeichenkünste, Miss Whitehouse?«

»Wie bitte?« Freddie sah sie verwundert an.

»Nun, unsere Französischlehrerin hat uns vor Kurzem verlassen, um zu heiraten, und ich habe bisher noch keinen adäquaten Ersatz finden können. Sie hat die Mädchen zusätzlich im Zeichnen unterwiesen. Würden Sie sich das zutrauen?«

»Französische Konversation beherrsche ich fließend und das Zeichnen ist eine meiner großen Leidenschaften. Wollen Sie sagen, dass Sie mich als Lehrerin einstellen könnten?«

»Richtig. Warum denn nicht? Ihnen wäre geholfen und uns auch. Allerdings kann ich Ihnen nur ein recht bescheidenes Gehalt zahlen.«

Freddies Herz klopfte aufgeregt. Das Angebot war zu verlockend, um es abzulehnen. Auch wenn eine warnende Stimme in ihrem Innern versuchte, ihr davon abzuraten. Zu groß war die Gefahr, dass sie ihre Gefühle nicht würde einhegen können. Sie musste ehrlich mit sich sein. Miss Barnes gefiel ihr, und das konnte früher oder später nur in die Katastrophe führen.

»Was sagen Sie, Miss Whitehouse? Wollen wir den Vertrag aufsetzen? Und dann lassen wir Ihre Sachen aus dem Gasthaus kommen.«

Noch bevor Freddie dazu kam, ernsthaft über die möglichen Kalamitäten dieser Entscheidung nachzudenken, hatte sie bereits zugestimmt.

Inzwischen war es Abend geworden. Die Mädchen lagen in ihren Betten und im Haus war es still geworden. Frederica und Miss Barnes hatten sich in den Salon begeben und es sich am prasselnden Kaminfeuer bequem gemacht.

»Kaum zu glauben, dass so bald schon Weihnachten ist«, stellte Miss Barnes mit einem Seufzer fest. »Die Zeit scheint jedes Jahr schneller zu verrinnen. Wir werden es uns hier schon recht festlich zu machen wissen, nicht wahr?«

»Bleiben die Mädchen denn über Weihnachten im Haus? Fahren sie nicht heim zu ihren Familien?«, wunderte Freddie sich.

»Einige schon, aber ein großer Teil unserer Mädchen … Nun ja, viele der Schülerinnen stammen aus unklaren Verhältnissen. Ihre Mütter können oft nicht für sie sorgen und ihre Väter haben zwar die finanziellen Möglichkeiten, möchten Sie aber nach Möglichkeit verstecken.«

Freddie sah sie erstaunt an. »Sie meinen, ein Großteil der Schülerinnen sind uneheliche Kinder?«

»Richtig. Ich hoffe, das stellt für Sie kein Problem dar?«

Freddie schüttelte den Kopf. »Nein, das tut es nicht. Ganz und gar nicht.«

»Gut. Ich bin der Überzeugung, den Mädchen sollte aus diesem Umstand im Leben kein Nachteil erwachsen, finden Sie nicht auch? Und auch auf die Mütter sollte man nicht von oben herabblicken. Nicht immer sind diese Frauen einfach nur leichtsinnig gewesen. Sie wissen selbst am besten, wie verwundbar man als Frau ist und wie schnell ein Mann von Einfluss und Rang seine Machtposition ausnutzen kann. Ich finde es wichtig, diesen Mädchen eine gute Ausbildung zu verschaffen. Damit meine ich nicht nur Wissen und gutes Benehmen. Ich meine vor allem auch die Herzensbildung. Sie sollen sich hier respektiert, angenommen und geliebt fühlen, auch wenn die Gesellschaft sie oft mit Herablassung behandelt.«

Freddie nickte still. Miss Barnes hatte recht. Sie fand, dass es mutig war, dass sie diese Ansicht entgegen der Stromrichtung der Gesellschaft vertrat, und ihre Bewunderung für die Lehrerin wuchs.

»Darf ich Sie etwas fragen, Miss Whitehouse?«

»Sehr gerne.«

»Warum wollten Sie nicht heiraten?«

Freddie wandte den Blick ab.

»Ich ... nun, ich habe festgestellt, dass ich meinen Verlobten nicht liebte und dass ich ... also, ich glaube einfach, dass mein Lebenszweck nicht allein die Ehe sein kann.«

Miss Barnes lächelte. »Nicht wahr? Eine Frau kann so viel mehr erreichen, wenn sie sich andere Ziele steckt. Verstehen Sie mich nicht falsch, Miss Whitehouse. Ich bin nicht gegen die Ehe an sich, sie ... sie war nur einfach nichts für mich. Und ich lebe noch und wage zu behaupten, dass es mir sogar sehr gut geht. Dennoch hält sich die alte Mär, dass es für eine unverheiratete Frau nurmehr Heulen und Zähneklappern geben kann.« Sie lachte und Freddie saß wie vom Donner gerührt da, sah sie an und fragte sich, wie es sein konnte, dass man ein Lachen überall im Körper spüren konnte, sogar bis hinein in den kleinen Zeh.

18

SIR THOMAS DE CLAIR

Kaum hatte Sir Thomas die Hand ergriffen, die sich zu seinem Erstaunen warm und fest anfühlte, ging ein Ruck durch seinen gesamten Körper, als würde er von einer großen Kraft nach vorn gezogen. Um ihn herum war es schwarz und helle Lichtpunkte wirbelten in immer schnellerem Tanz um sie herum. Ihm war, als stürzten sie in ein Loch, das keinen Boden zu besitzen schien.

Plötzlich hatte der rasante Fall ein Ende und Sir Thomas fand sich in einem winzigen Zimmer mit weißen Wänden, die sich leicht zu bewegen schienen. Ihm gegenüber hockte Phineas Marley im Schneidersitz und blies auf einer kleinen Blechtrompete. Verwundert blickte Sir Thomas an sich hinab. Seine Hände, seine Beine, sein ganzer Körper war geschrumpft und war wieder der eines Knaben von vielleicht fünf Jahren. Jetzt sah er, dass es gar kein Zimmer war, ein Tisch war es, mit einer herabhängenden weißen Tischdecke. Sie saßen unter einem Tisch. Gelächter und Stimmen waren zu hören. Im Raum, hinter der weißen Wand aus gestärktem Seidendamast war es dunkel.

»Komm«, flüsterte Phineas, lüftete die Tischdecke und kroch unter dem Tisch hervor. Thomas folgte ihm.

»Das ist Ellingham!«, rief er aus, als seine Augen sich langsam an die Dunkelheit gewöhnt hatten und er sich staunend in dem dunklen Raum umschaute. Nur ein schwacher, bläulicher Lichtschimmer erhellte den

Raum. Sie befanden sich auf Ellingham, in seinem eigenen Speisezimmer. Doch wie verändert es aussah! Er brauchte eine Weile, um es zu begreifen, doch dann kam die Erinnerung mit Macht zurück. Genau so hatte es auf Ellingham ausgesehen, als er ein Knabe gewesen war.

»Thomas! Phineas! Wo steckt ihr Lausbuben denn nur?« Dar war die Stimme seiner Mutter! »Kommt! Ihr versäumt noch alles.«

Jetzt erkannte Sir Thomas auch, woher der Lichtschimmer kam. Die Flügeltüren zum Salon standen offen, und er sah die Gesichter einiger Erwachsener, von einer bläulichen Flamme in ihrer Mitte in ein unheimliches Licht getaucht. Da war Sir Charles de Clair, sein Vater. Und Mr Garvey, der Pfarrer. Mr und Mrs Marley und dort seine Mutter. Unter Oh- und Ah-Rufen griff nun Mr Marley in die bläuliche Flamme, holte etwas heraus und ließ es in seinem Mund verschwinden.

»Bravo, Marley!«, rief Sir Charles und die Runde applaudierte.

»Mutter! Vater!«, rief Sir Thomas, aber Phineas schüttelte den Kopf. »Sie können uns weder sehen noch hören.«

Während er dastand und die Erwachsenen beobachtete, die nacheinander in die Flamme griffen, bemerkte er den allgegenwärtigen Geruch nach Orangen, Nelken und nach Brandy.

»Erinnerst du dich an diesen Abend?« Phineas sah ihn abwartend an.

»Natürlich! Unser erstes gemeinsames Weihnachten auf Ellingham. Wir durften aufbleiben und die Erwachsenen spielten Snapdragon. Es wurde gesungen und

Scharaden gespielt, und wir spielten unter dem Tisch im Speisezimmer mit unseren Zinnsoldaten. Ich erinnere mich noch sehr gut. Es war ein herrlicher Abend! Und wir beide waren unzertrennlich.« Tief sog er den Duft ein und seufzte. »Ach, glückliche Zeiten! Hab Dank, dass du mir dies zeigst, mein Freund.«

»Komm. Es gibt noch so viel mehr zu sehen.« Wieder streckte Phineas seine Hand aus und Sir Thomas ergriff sie, wieder wurde es schwarz um sie herum und Lichter wirbelten.

Die Szene, derer er nun Zeuge wurde, hätte in keinem stärkeren Kontrast zu der vorherigen stehen können. Sir Thomas blinzelte, denn der Raum, in dem sie sich wiederfanden, war hell erleuchtet. Das Licht brach sich in zahlreichen Spiegeln an den Wänden und dem geschliffenen Kristall der Leuchter, die von der Decke hingen. Die Kerzen brannten mit ruhiger Flamme und es duftete nach gutem Wachs und teuren Parfums. In der Luft lag ein allgegenwärtiges Brausen, ein Gemisch aus vielzähligen Stimmen, dem Geräusch der Schuhe auf dem Parkett und dem Rascheln edler Stoffe.

Sir Thomas schluckte. Der Ball bei Lord und Lady Huntingdon. Jener schicksalhafte Ball im Mai, bei dem er Isabella zum ersten Mal begegnet war. Ein banges Gefühl überkam ihn.

»Lady Huntingsons Ball im Mai vor mehr als zehn Jahren. Warum hast du mich hierher gebracht?« Seine Stimme war kaum mehr als ein Flüstern. Er sah sich nach Phineas um. Anstatt des kleinen Knaben stand dort nun ein stattlicher junger Mann mit haselnussbraunem Haar und leuchtend blauen Augen. Phineas, wie er ihn zuletzt gesehen hatte. Eine Antwort blieb er

Sir Thomas schuldig. Er lächelte nur und deutete auf die Tanzfläche, auf der die Paare sich drehten. Schon von Weitem erkannte er das himmelblaue Kleid und die rabenschwarzen Haare. Isabella! Und da war er selbst, als junger Bursche von fünfundzwanzig in engen, schwarzen Hosen und ebensolchem Frack, mit weißer Weste und elegant gebundener Krawatte. Er hatte eine durchaus attraktive Erscheinung abgegeben.

Wie von einem unsichtbaren Faden gezogen, trat er näher an die Tanzenden heran. So nah, dass er den Ausdruck auf ihren Gesichtern sehen konnte. Er sah, wie Isabella ihre schmale Hand in seine legte. Wie sie lächelte und das Lächeln einen ganz besonderen Glanz in ihre Augen gezaubert hatte. Als ob ein Sonnenstrahl sie getroffen hätte. Er sah sein jugendliches Ich, sein Gesicht, in dem sich ihr Ausdruck spiegelte. Wie sie sich im Takt der Musik bewegten, Schritte und Gesten in perfekter Harmonie, im vollkommenen Einklang, dass es einem unvoreingenommenen Betrachter vorkommen musste, als seien diese beiden jungen Menschen füreinander geschaffen.

»Warum zeigst du mir das?«, fragte Sir Thomas erneut. Doch Marley lächelte nur und streckte wieder die Hand aus.

»Komm, mein Freund. Da ist noch mehr, das ich dir zeigen möchte.«

Noch einmal drehte sich alles um sie herum und Sir Thomas hatte das Gefühl, von einem starken Sog mitgerissen zu werden. Er kniff die Augen zu, und als er sie wieder öffnete, standen sie auf einer verschneiten Ebene. Kahle Bäume reckten ihre schwarzen Äste wie

Finger in den wintergrauen Himmel. Sir Thomas hörte ein Schnauben und fuhr herum.

»Nein, Marley. Nicht diesen Tag. Jeden anderen, aber zeige mir nicht diesen Tag.«

Er wandte sich nach dem Freund um, doch der war nirgends zu sehen. Stattdessen sah er zwei junge Männer auf Pferden heranpreschen, der Schnee stieb unter den Hufen der Tiere zu feinen Wolken auf, die Mäntel wehten hinter ihnen, und die Mähnen und Schweife der Tiere flatterten im Wind.

»Komm schon, du Jämmerling!«, rief der junge Mann auf dem Grauschimmel, der vorausritt und lachte. »Komm und zeig mir, aus welchem Holz du geschnitzt bist!«

»Na warte! Ich krieg dich noch!« Der Verfolger, gab seinem Rappen die Sporen. Es war der junge Marley. »Dann lachst du nicht mehr.«

Die beiden jagten auf einen Graben zu, hinter dem die Böschung noch ein Stück steil nach oben führte.

»Das denkst du dir so! Den Sprung wagst du nicht, du Milchbart. Das ist nur was für echte Männer.«

»Halt!«, schrie Sir Thomas verzweifelt, doch weder sein jüngeres Ich noch Marley beachteten ihn. »Halt! Nicht! Es ist zu gefährlich!«

Zu spät, mit einem gewaltigen Satz hatte der Grauschimmel über den Graben gesetzt. Die Hinterhufe streiften kurz die steile Böschung, Steinchen und Erde rieselten hinab auf das Eis am Boden des Grabens.

»Halt, Marley! Spring nicht!« Sir Thomas hetzte los und stellte sich dem Rappen und seinem Reiter in den Weg. Jedoch dachte der nicht daran, abzudrehen oder anzuhalten. »Halt!«, brüllte Sir Thomas noch einmal und breitete die Arme aus. Ross und Reiter preschten geradewegs durch ihn hindurch.

»Neiiin!« Der langgezogene Schrei gellte über die schneebedeckte Ebene und de Clair wirbelte herum. Er sah Marley auf dem Rappen vor dem Hindernis kurz zaudern, doch dann gab er dem Tier erneut die Sporen. Sein Zögern hatte das Tier verunsichert. Etwas zu spät sprang der Rappe ab, geriet an der Böschung ins Rutschen. Die Hufe fanden keinen Halt und das Tier rutschte. Marley war heruntergeschleudert worden und bäuchlings auf der Böschung liegengeblieben, das Gesicht im Schnee, während der Rappe verzweifelt nach Halt suchte, die Hufe jedoch abglitten und das Tier schließlich in den Graben schlitterte und zu Boden ging. Es schnaufte und wieherte kläglich, eine Fessel seltsam verdreht, das andere Bein am Oberschenkel unnatürlich abgeknickt.

Marley keuchte und hustete, während der junge Sir Thomas die Zügel herumriss und seinem Freund zu Hilfe eilte.

»Marley! Bist du verletzt?«

Marley rappelte sich auf und kletterte die Böschung hinauf. Er betastete seine Glieder und schüttelte den Kopf.

»Nichts passiert.«

Der Rappe ließ ein rasselndes Stöhnen hören, die Männer wandten sich nach ihm um und starrten auf das sich vor Schmerzen windende Tier.

»Verdammt! Die Beine sind gebrochen«, stellte Marley fest. »Das arme Tier.«

»Ich hole das Gewehr.« Sir Thomas' jüngeres Ich drehte sich herum und ging zu seinem Pferd.

Schaudernd wandte er sich ab.

»Ich habe genug gesehen, Marley! Genug! Lass es genug sein! Ich wünschte, es hätte diesen Tag nie gegeben.«

Ein Schuss zerfetzte die Stille und hallte zwischen den Bäumen wider. Mit einem Röcheln erstarb das klägliche Schnauben und Wiehern hinter ihm.

Dann wurde es schwarz um ihn. Er stand in absoluter Dunkelheit. Nichts war zu sehen, nichts rührte sich. Nur ein leichter Luftzug schien zu gehen und fühlte sich kühl auf seinen tränenfeuchten Wangen an.

»Marley!«, rief er. »Marley! Wo bist du? Zeige dich. Ich wünschte, ich könnte es ungeschehen machen, verstehst du? Ich wünschte, ich hätte mich an jenem Tag im Mai nicht verliebt. Es hätte alles nicht geschehen dürfen. Nicht so.«

Plötzlich flackerte eine Flamme im Dunkel auf und Marleys Gesicht erschien dahinter, gespenstisch im flackernden, bläulichen Licht.

»Du wünschst also, all das wäre nicht geschehen?«

»Ja.« Sir Thomas schluckte. Seine Zunge klebte am Gaumen.

»Diesen Wunsch könnte ich dir erfüllen, mein Freund. An nichts dessen, was ich dir zeigte, würdest du dich mehr erinnern. Es hätte niemals stattgefunden. Du musst es nur sagen.«

»An nichts, sagst du?«

»Absolut nichts.«

»Nicht unser Weihnachten auf Ellingham?«

»Nein. Es wäre, als hätten wir uns nie kennengelernt.«

»Auch nicht an den Tanz mit Isabella?«

»Auch sie würdest du nicht kennen.«

Sir Thomas wischte sich die Tränen aus den Augen. Er versuchte, sich vorzustellen, wie es wäre, wenn er Marley nie gekannt, nie diesen einen Tanz getanzt, diesen Ausdruck in Isabellas Gesicht gesehen hätte.

»Nein, lieber Freund. Nein. Lass mir die Erinnerung. Es ist gut, wie es ist.«

Marley lächelte.

»Daran tust du gut, alter Freund. Es ist nicht die Vergangenheit, die wir zu ändern streben sollten, wenn wir doch in der Gegenwart den Weg bereiten für die Zukunft.«

Das Gesicht hinter der Flamme verblasste, wurde beinahe durchscheinend.

»Warte!«, rief Sir Thomas. »Eines noch.«

»Was denn, mein Freund?«

»Hast du es gewusst? Hast du gewusst, dass ich sie liebe?«

Fast war das Gesicht verschwunden. Die Flamme flackerte noch einmal auf und Sir Thomas meinte gerade noch ein Lächeln zu sehen, ehe sie verlosch und ein Flüstern ertönte in der Stille.

»Es ist gut, wie es ist.«

Und dann Schwärze.

Ein eigenartiger Friede legte sich über ihn wie eine wärmende Decke. Ihm war, als sei ihm eine Last von den Schultern genommen.

Es ist gut, wie es ist.

Mit dem plötzlichen Gefühl zu fallen, ging ein Ruck durch seinen Körper. Sir Thomas schreckte hoch und öffnete die Augen. Er runzelte die Stirn. Er saß wieder in dem Sessel vor dem Kamin in seinem Zimmer. Im Kamin schwelte nurmehr eine leichte Glut, an der einzelne, kleine Flammen emporzüngelten. Da. Ein Glockenschlag und noch einer, und noch einer. De Clair zählte die Schläge. *Mitternacht.*

»So etwas!«, murmelte er, gähnte und rieb sich den Nacken. Er erhob sich, um zu Bett zu gehen. In der Mitte des Zimmers blieb er noch einmal stehen.

»Gute Nacht, Marley, alter Freund. Und hab Dank für alles. Ich will all meine Erinnerungen hüten wie einen Schatz. Die guten wie die schlechten, dankbar sein für die Gegenwart und das, was noch kommen mag.«

19

MISS MIRIAM PRITCHARD

Miriams Herz pochte wild in ihrer Brust. Was konnte Alfred ihr zu sagen haben? Ob es etwas mit dem rätselhaften Gentleman und dem Medaillon zu tun hatte?

»Ein Geständnis?«

Ihr Mund fühlte sich trocken an und ihre Zunge klebte am Gaumen.

»Ich ... ich erinnere mich wieder daran, wer ich bin und wie ich heiße.«

Sie riss die Augen auf und starrte ihn ungläubig an.

»Warum haben Sie denn nichts gesagt?«

Alfred wandte den Blick ab.

»Es ... es ist kompliziert. Sie haben mir die Erinnerung wiedergeschenkt, Miriam. Es war der Geruch des Buches, das Leder, das alte Papier, das eine Erinnerung zurückbrachte. Die Erinnerung an die Bibliothek meines Vaters und diesen speziellen Geruch nach Leder, Staub, Papier und Möbelpolitur.«

»Aber warum haben Sie es mir verschwiegen und mir vorgespielt, Sie könnten sich noch immer an nichts erinnern?«

»Ich wollte um jeden Preis noch eine Weile bei Ihnen bleiben dürfen, Sie näher kennenlernen. Wenn ich Ihnen erzählt hätte ...« Er wandte ihr den Blick wieder zu und sah ihr in die Augen, bevor er weitersprach. »Mein Name ist nicht Alfred. Ich bin Cedric Charles Brandon, Viscount Fairford, und mein Vater ist der Earl of Hillsborough.«

»Aber ... aber wer ist dann Freddie?«, fragte Miriam, der vor Schreck nichts besseres einfallen wollte.

»Freddie ist ... war meine Verlobte. Frederica Whitehouse.«

Miriam klappte der Mund auf. Sie wollte etwas sagen, aber die Worte wollten einfach nicht über ihre Lippen kommen.

»Frederica Whitehouse? Sagten Sie wirklich Frederica Whitehouse?«

Alfred – Cedric sah sie mit gerunzelter Stirn an.

»Ja. Warum fragen Sie? Freddie hat die Verlobung gelöst. Ich war vollkommen verzweifelt. Ich bin nach London gereist, um mich ungestört meinem Selbstmitleid und dem Alkohol hingeben zu können.«

»Meine Miss Whitehouse ist ... war Ihre Verlobte?«

Nun sah Cedric erst recht verdutzt aus.

»Ihre Miss Whitehouse?«

»Ich traf sie in der Postkutsche. Sie war unterwegs nach Hemel Hampstead, um dort eine Stelle als Kindermädchen anzutreten. Wir freundeten uns an und sie versprach, mir zu schreiben.«

»Arme Freddie. Offenbar hat ihr Vater ihr die Mittel gestrichen, als sie die Verlobung gelöst hat.«

»Jetzt verstehe ich überhaupt nichts mehr.« Miriam schüttelte den Kopf. »Der alte Gentleman aus der Kutsche taucht plötzlich vor der Buchhandlung auf und ist im Besitz eines Medaillons mit einem Bildnis meiner Mutter, und Miss Whitehouse war Ihre ehemalige Verlobte?«

»Ein seltsamer Zufall, nicht wahr? Sehen Sie, Miriam. Es kann doch alles nur Schicksal sein.«

»Und den alten Herrn, kennen Sie den auch?«

»Nein.« Cedric schüttelte den Kopf. »Nicht dass ich wüsste jedenfalls. Allerdings habe ich ihn ja nie selbst gesehen.«

»Was für ein Wirrwarr. Wer soll denn all das noch verstehen?«

Cedric lächelte.

»Ich weiß nicht. Ich durchschaue all das selbst noch nicht. Eines allerdings weiß ich mit Sicherheit, Miriam. Sie haben mich gerettet. In mehr als einer Hinsicht. Ohne Sie wäre ich erfroren. Und Sie haben mir wieder Hoffnung geschenkt, Hoffnung, dass die Liebe lebendig ist und man ihr jederzeit begegnen kann, auch wenn man nicht damit rechnet.«

Er zog Miriam in seine Arme und küsste sie. Fester und fordernder als zuvor, und Miriam überließ sich ganz dem unbeschreiblichen Gefühl, das sich in ihrem Körper ausbreitete, während sie seinen Kuss erwiderte.

»Miriam, werden Sie meine Frau!«, flüsterte Cedric atemlos, als sie sich voneinander lösten.

Langsam zog Miriam ihre Hände zurück.

»Das geht nicht. Ich kann Sie nicht heiraten«, sagte sie leise.

»Aber warum denn nicht? Ich liebe Sie.«

»Aber Cedric. Es wird nicht gehen. Ich bin doch nur eine einfache Kaufmannstochter. Was werden Ihre Eltern dazu sagen? Sie werden es niemals erlauben.«

»Das ist mir gleich, Miriam.« Cedric sah entschlossen aus. »Ich liebe Sie und ich möchte Sie heiraten.«

»Es wird Ihnen aber nicht mehr gleich sein, wenn Ihre Eltern Sie enterben.«

»Doch, das wird es, Miriam. Selten war ich mir einer Sache so sicher. Sollen sie mich enterben, es wäre mir einerlei, denn ich habe Sie.«

Miriam schüttelte den Kopf.

»So romantisch das klingt, Cedric. Es geht nicht. Es werden auch einmal schlechte Tage kommen und dann werden Sie es womöglich bereuen und es mir zum Vorwurf machen. Sie können meinetwegen unmöglich auf Titel und Vermögen verzichten. Das würde ich mir nie verzeihen – und Sie vermutlich ebenso wenig. Nein, Cedric. Es soll nicht sein. Ich kann Sie nicht heiraten.« Sie spürte, wie Tränen in ihren Augen aufwallten.

»Ist das Ihr letztes Wort?«

Miriam nickte stumm.

»Es würde einfach niemals gutgehen.«

»Ich verstehe.« Cedric nickte und erhob sich. »Dann werde ich wohl besser gehen. Nehmen Sie es mir nicht übel. Ich werde etwas Zeit brauchen. Aber ich verspreche Ihnen, dass ich zurückkommen werde und Ihrer Tante die Kosten meines Aufenthalts erstatten werde.«

»Sie verstehen doch, warum ich nein sagen muss?« Miriam wischte sich mit dem Handrücken die Tränen aus dem Gesicht. »Sie wissen, dass ich wünschte, es wäre anders.«

Cedric presste die Lippen aufeinander.

»Ja. Ja, ich denke, ich kann es verstehen. Auch wenn ich noch immer glaube, dass wir diese Probleme überwinden könnten. Versprechen Sie mir, dass Sie noch einmal darüber nachdenken.«

»Das werde ich. Allerdings glaube ich nicht, dass sich etwas an meiner Entscheidung ändern wird.«

Noch einmal zog Cedric sie in seine Arme und küsste sie.

»Leben Sie wohl, Miriam. Bitte richten Sie Ihrer Tante meinen Dank und herzliche Grüße aus. In ein paar Tagen werde ich noch einmal herkommen, mich persönlich verabschieden und meine Schulden begleichen.«

Verwirrt und aufgewühlt blieb Miriam zurück. Was für ein Tag! Noch immer konnte sie nicht ganz begreifen, was geschehen war und was sie von Cedric erfahren hatte. Es erschien ihr alles ganz und gar unglaublich, und sie konnte keinen klaren Gedanken fassen. Vielleicht würde sie morgen mit etwas Abstand die Dinge deutlicher sehen. Jetzt fühlte sie sich erschlagen von der Vielzahl der Neuigkeiten, die sie zu verarbeiten hatte, und noch immer hatte sie keine zufriedenstellende Antwort auf die Frage, warum der alte Gentleman aus der Postkutsche ein Porträt ihrer Mutter mit sich herumtrug und sie beobachtete.

Doch auch der nächste Tag brachte keine Klarheit. Sie hatte gehofft, den Gentleman aus der Kutsche wiedersehen und ihn zur Rede stellen zu können, doch er war nicht wieder aufgetaucht. Miriam war froh, sich mit Arbeit ablenken zu können, auch damit sie nicht immerzu an Cedric denken musste. An seine blauen Augen, an die Abende, die sie mit Lesen verbracht hatten und an seine Küsse. Warum nur musste er ausgerechnet der Sohn eines Earls sein? Sie seufzte. Hatte sie sich nicht ein Abenteuer gewünscht? Jetzt allerdings war ihr gar nicht mehr nach Drama und Aufregung zumute. Gewiss hätte es Mädchen gegeben, die sich über Cedrics Liebesschwüre und seinen Antrag gefreut hätten. War es nicht wie im Märchen? Es wäre ein gewaltiger sozialer Aufstieg, plötzlich Viscountess – und später sogar Countess zu sein. Doch bei aller Liebe zu gut ausgedachten Geschichten, zu Abenteuer und Romantik: Miriam war realistisch genug, zu wissen, dass solche Verbindungen selten gutgingen. Seine Familie hätte sie nie akzeptiert. Und das hätte sie Miriam gewiss ein Leben lang spüren lassen. Das waren nicht gerade die besten Voraussetzungen für eine glückliche Ehe. Im schlimmsten Fall würden sie ihren Sohn enterben. Egal, was er jetzt sagte, irgendwann würde Cedric an den Punkt kommen, an dem er den Verlust seines Titels und Vermögens bereuen und ihr vorhalten würde. Nein. War der gesellschaftliche Unterschied zu groß, stand eine Liebe von Anfang an unter keinem guten Stern. Dessen war sich Miriam trotz ihres jugendlichen Optimismus deutlich bewusst.

Immerhin hatte sie ausführlich über alles nachdenken können und war zu dem Entschluss gekommen, ihre Tante in alles einzuweihen. Am gestrigen Abend hatte sie ihr nur knapp erklärt, dass Alfred fortgemusst hatte, dass er sie grüßen ließ und bald wiederkommen würde, um seine Schulden für Kost und Logis zu begleichen.

Gleich nachdem sie Mantel, Schal und Haube abgelegt hatte, begab sie sich auf direktem Wege zu Tante Augustas Wohnzimmer und klopfte an.

Sie staunte nicht schlecht, als sie die Tür öffnete und dort niemand anderer saß als der alte Herr aus der Kutsche, der sich nun erhob und sich verbeugte.

»Sie?« Miriam starrte ihn überrascht an.

»Miriam, das ist der Earl of Chester, dein Großvater«, sagte Tante Augusta.

»Mein Großvater? Jetzt verstehe ich überhaupt nichts mehr.«

»Setz dich zu uns und ich werde dir alles erklären.«

20

LORD CHESTER

Chester war Miss Pritchard unendlich dankbar, dass sie es übernommen hatte, Miriam alles zu erklären. Während das Mädchen ihr zuhörte, sah es immer wieder mit skeptischem Blick zu ihm herüber. Als Miss Pritchard mit ihrer Erzählung geendet hatte, schwieg Miriam eine Weile und knetete die Hände in ihrem Schoß.

»Allerdings verstehe ich nicht, warum Mama uns nicht einfach die Wahrheit gesagt hat. Warum hat sie stets behauptet, keine Eltern mehr zu haben?«

»Ich denke, das kann ich erklären«, entgegnete Lord Chester. »Meine Frau, Elizabeths Mutter, starb, als Elizabeth zwölf Jahre alt war. Durch ihren frühen Tod sind Elizabeth und ich zusammengerückt. Unser Verhältnis war seither wesentlich enger. Vielleicht habe ich deswegen geglaubt, sie besonders beschützen zu müssen und damit genau das Gegenteil bewirkt. Ich denke, für sie muss es tatsächlich gewesen sein, als hätte sie auch noch ihren Vater verloren. Sie hat sich von mir im Stich gelassen gefühlt. Ich habe nie in Erwägung gezogen, dass es ihr und deinem Vater tatsächlich ernst sein könnte. Ich habe ihr gar nicht erst zugehört.«

»Mama wird nicht schlecht staunen, wenn ich ihr schreibe und ihr alles erzähle«, sagte Miriam und schüttelte den Kopf. »Wenn ich es nicht besser wüsste, würde ich glauben, ich träume.«

»Dann kannst du mir verzeihen?« Chester sah seine Enkelin mit bangem Blick an.

»Ja, ich denke, das kann ich, Lord Chester. Und ich sehe, dass es Ihnen ernst ist. Schließlich haben Sie diese strapaziöse Reise auf sich genommen, nur um eine Spur von meiner Mutter zu finden.«

»Weißt du, du würdest mich sehr glücklich machen, wenn du mich Großvater nennen würdest«, sagte er leise.

Miriam lächelte. »Großvater.«

Chester musste sich eine Träne aus dem Augenwinkel wischen. Er war erleichtert und unbeschreiblich glücklich.

»Glaubst du, deine Mutter und dein Vater werden mir vergeben?«

Miriam schien zu überlegen.

»Ich denke, sie werden eine Weile brauchen. Aber ich bin sicher, Sie werden dir verzeihen. Oh, ich bin so gespannt, was Emily, Jacob, Julius und Edmund sagen werden.«

»Das sind die Namen deiner Geschwister?«

»Genau. Die werden mächtig staunen, wenn sie all das erfahren. Sie werden glauben, ich will sie zum Narren halten, wenn ich ihnen erzähle, dass ihr Großvater ein Earl ist.« Miriam lachte. Dann plötzlich stutzte sie »Und meine Mutter hatte keine Geschwister?«

»Leider nein. Es war uns nicht vergönnt. Deine Großmutter hat insgesamt vier Kinder geboren. Doch außer Elizabeth starben alle kurz nach der Geburt.«

»Verzeih, dass ich das frage, Großvater, aber wenn Mama deine einzige Tochter ist, wird Jacob dann einmal Earl?«

Chester lachte. »Nein. Der Titel wird über die männnliche Linie weitergegeben. Mein Cousin wird ihn erben. Der Landbesitz ist nicht an ein Erblehen gebunden. Die Ländereien und das Vermögen an deine Mutter gehen – und somit an deinen Vater, ihren Ehemann.«

»Verstehe.« Miriam nickte. »Du darfst nicht denken, dass es mir um das Erbe geht. Aber es gibt etwas, das ich noch nicht erzählt habe. Dass ich die Enkelin eines Earls bin, verändert alles von Grund auf.«

Chester lauschte gespannt, als Miriam von dem jungen Mann erzählte, den sie nachts mit nichts als einem Unterhemd bekleidet draußen bei den Stallungen liegend aufgefunden hatte und der sich als der Sohn eines Earls entpuppt hatte. An dieser Stelle unterbrach Miss Pritchard ihre Nichte.

»Was? Alfred ist der Sohn eines Earls? Aber warum hast du mir davon nichts erzählt?«

»Er heißt auch nicht Alfred. Sein Name ist Cedric Charles Brandon, Viscount Fairford und eines Tages wird er der Earl of Hillsborough sein.«

»Viscount Fairford, sagst du?« Chester runzelte die Stirn. Den Namen hatte er doch schon einmal gehört. Plötzlich fiel es ihm wieder ein. Natürlich. Der renitente junge Mann, den er bei White's Gentlemen Club gesehen hatte. »Ein junger Bursche mit braunen Locken?«

Nun war es wieder an Miriam, ein verwundertes Gesicht zu machen.

»Du kennst ihn?«

»Nicht direkt«, erklärte Chester und erzählte von dem Vorfall im Club. »Ich nehme an, dass er den Droschkenkutscher dazu gebracht hat, irgendwo an einem Wirtshaus anzuhalten.«

»Das *Blue Boar's Head*. Er erzählte, dass er dort gewesen ist. Er erinnerte sich noch daran, dass sich angeblich alles drehte und er die Decke sehen konnte. Bestimmt hat er zu viel getrunken und ist gestürzt.«

»Richtig. Als er immer betrunkener wurde, nutzten die zwei Männer, von denen er erzählt hat, die Gelegenheit. Die Halunken gaben vermutlich vor, ihn zur Kutsche bringen zu wollen, und führten ihn in den dunklen Durchgang zu den Stallungen, wo sie ihn niederschlugen und ausraubten. Sogar seine Kleider haben sie ihm gestohlen und ließen ihn einfach draußen in der Kälte liegen. Das Lumpenpack!«

»So muss es gewesen sein«, stimmte Miriam zu. »Nun, Cedric hatte, wie ich nun weiß, großen Liebeskummer, denn seine Verlobte Frederica hatte ihn gerade verlassen. Und nun denke dir, wer diese Frederica ist.« Erwartungsvoll sah Miriam ihn an.

»Ich weiß nicht, sag du es mir«, entgegnete er.

»Erinnerst du dich an die junge Dame in der Postkutsche? Sie war unterwegs nach Hemel Hempstead, wo sie eine Stelle als Kindermädchen antreten wollte.«

»Das war Frederica? Fairfords Verlobte?«

»Ehemalige Verlobte«, korrigierte Miriam. »Schließlich hat sie ihm den Laufpass gegeben. Aber ich habe euch noch nicht alles erzählt.«

Miriam erzählte von den Abenden, die sie mit Cedric verbracht hatte. Wie sie ihm vorgelesen und sie über alles Mögliche geplaudert hatten und wie sie sich schließlich in einander verliebt hatten. Und dann berichtete sie von seinem Antrag, den sie schweren Herzens abgelehnt hatte, weil sie fürchtete, der große soziale Unterschied, der zwischen ihnen bestand, stünde ihrer Liebe im Wege.

Lord Chester hörte ihr aufmerksam zu.

»Verstehst du jetzt, warum ich sagte, was ich heute erfahren habe, ändere alles? Das bedeutet, dass die Möglichkeit besteht, dass seine Eltern mich als ihresgleichen akzeptieren werden. Auch wenn mein Vater ein einfacher Kaufmann ist. Immerhin bin ich die Enkeltochter eines Earls.«

»Und ich werde liebend gern dein Fürsprecher in dieser Angelegenheit sein«, sagte Lord Chester.

In diesem Augenblick klopfte es und Alice brachte einen Brief.

»Ich habe Post für Sie, Miss Pritchard«, sagte sie und reichte Miriam den gefalteten und versiegelten Bogen. Die betrachtete ihn neugierig.

»Oh! Der Brief ist von Miss Whitehouse. Sie hatte versprochen, mir zu schreiben. Ich werde ihn später lesen.«

Miriam ließ den Brief in ihrer Rocktasche verschwinden und wandte sich wieder ihrem Großvater zu.

»Der Brief hat mich auf eine hervorragende Idee gebracht. Wir sollten Mama schreiben. Gemeinsam. Und ihr alles erklären«, schlug Miriam vor.

»Das ist ein ganz wunderbarer Vorschlag. Möglicherweise kannst du ein gutes Wort für mich einlegen«, entgegnete Chester.

»Mach dir nicht so viele Gedanken. Ich bin ganz sicher, Mama wird verstehen, warum du so gehandelt hast, und sie wird dir verzeihen. Mama ist nicht nachtragend und ich bin überzeugt, sie wird sich freuen, nach all der Zeit von dir zu hören.«

»Ich hoffe, du hast recht, Miriam.«

»Aber natürlich habe ich recht.« Sie lachte. »Ich werde gleich etwas zu schreiben holen und dann werden wir gemeinsam überlegen, was wir ihr schreiben wollen. Komm, setz dich zu mir. Du kannst formulieren, und ich werde treu alles aufschreiben.«

»Und was ist mit Fairford? Willst du seinen Antrag doch annehmen?«, wollte Chester wissen. »Ich habe ihn neulich bei White's gesehen. Wenn du möchtest, könnte ich nach ihm Ausschau halten und ihm etwas von dir ausrichten.«

»Nein, nein, nicht nötig. Er wird von selbst herkommen. Und wenn nicht, dann wäre er es ohnehin nicht wert.«

21

MISS FREDERICA WHITEHOUSE

Jemanden lieben heißt als Einziger ein für die anderen unsichtbares Wunder zu sehen.

François Mauriac

»Darf ich es jetzt sehen?«

»Nein, noch nicht. Es ist noch nicht ganz fertig.« Frederica lachte. »Und Ihre Ungeduld ist dabei nicht besonders hilfreich.«

»Verzeihen Sie, aber ich bin so gespannt. Ich weiß nicht, wann zuletzt jemand ein Porträt von mir gezeichnet hat.«

Freddie lehnte sich zurück und betrachtete ihr Werk noch einmal mit etwas Abstand. Es war gut, aber sie hatte das Gefühl, die besondere Harmonie der Gesichtszüge, diesen speziellen Ausdruck, nicht einfangen zu können.

»Einen Augenblick noch.« Sie setzte hier und da noch ein paar Striche, lehnte sich wieder zurück, war noch immer unzufrieden. Insgeheim musste sie sich eingestehen, dass ihr Streben nach künstlerischer Perfektion möglicherweise nur ein willkommener Vorwand war, um Miss Barnes noch eine Weile länger ohne schlechtes Gewissen betrachten zu können. Ihre Züge hatten sich ihr so eingeprägt, dass sie mit verbundenen Augen ein Porträt hätte anfertigen können: den sanftgeschwungenen Herzbogen ihrer Oberlippe, die schmale, zierliche Nase, die hohen Wangenknochen, das helle Haar, das sich an den Schläfen ringelte, den Schwung ihrer Wimpern.

»Nun müssen Sie mir aber erlauben, es zu sehen!«, rief Lydia Barnes und riss Freddie aus ihren Gedanken. Sie erhob sich und stellte sich hinter Fredericas Schulter, um das Porträt zu betrachten. Eine seltsame Furcht überkam Frederica, als ob von dem Urteil der noch immer schweigenden Betrachterin ihr Leben abhänge. Sie biss sich auf die Unterlippe.

»O Miss Whitehouse!« Die Worte waren atemlos, fast geflüstert und ließen Freddie einen Schauer über den Rücken laufen. Sie spürte eine zarte Berührung an der Schulter, als Miss Barnes sich vorbeugte, um die Zeichnung genauer zu betrachten. Diese Andeutung einer Berührung reichte aus, um Frederica aufs Tiefste aufzuwühlen. Nicht allein die unmittelbare körperliche Nähe war es, die sie bis ins Innerste ergriff, es war vielmehr das Wissen, dass ihr Porträt Miss Barnes darstellte, wie Freddie sie sah, es offenbarte den Blick, mit dem sie ihr Modell betrachtet hatte. Frederica schluckte.

»Es ist, als sähe ich mich zum ersten Mal selbst im Spiegel.« Die Worte klangen tief bewegt. »Als hätten Sie in meine Seele geblickt.«

Freddies Herz jagte und sie wagte kaum, sich zu rühren, um den Zauber des Augenblicks nicht zu brechen.

»Ich fühle mich enorm geschmeichelt. Das Porträt ist wunderschön.«

Weil Sie es sind, hätte Frederica sagen wollen, doch sie verbot es sich. Miss Barnes durfte nicht einmal ahnen, was sie in ihrem Herzen verbarg. Damit würde sie nur alles zerstören.

»Sie sind wahrhaftig eine Künstlerin. Wenn Sie es mir erlauben, werde ich das Porträt rahmen lassen und in meinem Arbeitszimmer aufhängen. Es wird mich aufmuntern, wenn ich dereinst eine alte, verschrumpelte Hexe bin und mich meiner Jugend erinnere.«

Freddie musste lachen. »Sehr gerne, Miss Barnes.«

Sie erhob sich, nahm die Zeichnung von der Staffelei und gab sie ihr, während sie sich eilig daran machte, ihre Zeichenutensilien aufzuräumen, um sich zu beschäftigen und eine peinliche Stille zu vermeiden.

Als sie damit fertig war, sah sie, dass Miss Barnes ihre Zeichnung noch immer betrachtete.

»Sie sollten Lydia zu mir sagen«, sagte sie unvermittelt. »Ich fühle mich Ihnen bereits so verbunden, als ob wir uns nicht erst seit ein paar Tagen kennen würden sondern Jahre.«

Freddie war, als müsse ihr Herz zerspringen – vor Glück diese Worte zu hören – und vor Verzweiflung, weil sie nicht sagen konnte, was sie in diesem Augenblick aufs Tiefste bewegte.

»Frederica«, sagte sie nur.

»Wie schön, ich freue mich, in Ihnen eine Freundin gefunden zu haben.« Sorgsam legte Miss Barnes die Zeichnung in eine Mappe und verstaute diese in der Schublade der Kommode.

»Aber wir sollten noch etwas fleißig sein, bevor wir zu Bett gehen. Die Mädchen haben das ganze Haus heute so herrlich weihnachtlich geschmückt. Da sollten wir auch noch rasch ein wenig weihnachtlichen Zauber in den Salon bringen. Wir haben noch einige von den Girlanden und Schleifen. Die Mädchen haben reichlich gemacht. Da wollen wir es uns hier doch auch festlich machen.«

Freddie lief durch den Flur zum hinteren Ausgang. Im Treppenhaus wanden sich tiefgrüne Girlanden aus Efeu, Lorbeer und Stechginster am Handlauf der Treppe aufwärts. Die Mädchen hatten sie heute Morgen gewunden und mit großen, roten Seidenschleifen am Treppengeländer befestigt. Es sah wirklich hübsch aus und ließ ihr ganz feierlich zumute werden. Sie musste lächeln. Wie verzweifelt sie noch vor einigen Tagen gewesen war. Sie hätte nicht im Traum auf ein glückliches Weihnachtsfest zu hoffen gewagt. Mit etwas Wehmut dachte sie an vergangene Feste im Kreise ihrer Familie zurück. So würde es nie wieder sein, doch hier hatte sie das Gefühl, eine neue Familie gefunden zu haben, die diesen Namen verdiente, und in der Ausbildung der Mädchen, denen sie auf diese Weise womöglich zu einem besseren Leben verhelfen konnte, eine Berufung. Auf keinen Fall durfte sie dieses neugefundene Glück aufs Spiel setzen, indem sie ihre Gefühle für Lydia an die Oberfläche kommen ließ. Es musste ihr gelingen, diese fest in ihrem Herzen zu verschließen.

Sie öffnete die Tür zur Veranda, nahm die große Kiste mit den übrigen Girlanden hoch und trug sie in den Salon, wo Lydia bereits die Trittleiter aufgestellt hatte.

»Wunderbar, Frederica. Stellen Sie die Kiste hierher.«

Gemeinsam machten sie sich ans Werk. Freddie hielt die Leiter fest, während Lydia hinaufstieg, um die Girlanden anzubringen.

»Wie finden Sie das?«

Freddie machte einen Schritt zurück, um Lydias Werk mit etwas Abstand zu betrachten.

»Die Schleife müsste etwas weiter nach links herüber, denke ich.«

Lydia reckte sich nach links, noch bevor Freddie ihre Hände wieder an der Trittleiter hatte.

»Obacht!«, rief sie und packte die Leiter, die zu wackeln begonnen hatte. Doch das kurze Wanken hatte ausgereicht, damit Lydia den Halt verlor und von der Stufe rutschte.

»Lydia!« Freddie versuchte, die Taumelnde aufzufangen, wurde selbst mit zu Boden gerissen und landete unsanft auf dem Hinterteil, während Lydia auf ihrem Schoß zu sitzen kam. Eine Weile war es still, während ihnen der Schreck noch in den Gliedern steckte, dann plötzlich lachte Lydia laut los.

»Himmel! Haben Sie sich verletzt?«

»Nein. Ich glaube nicht.« Jetzt musste auch Freddie herzhaft lachen. Dann fiel ihr auf, dass sie die Arme noch um Lydias Mitte geschlungen hatte und ruckartig ließ sie los.

Lydia rappelte sich hoch und sah lachend auf Freddie herab. Einige Strähnen hatten sich aus ihrem Haarknoten gelöst und hingen ihr in die Stirn, ihre Augen glänzten und die Wangen waren leicht gerötet vom Lachen.

»Was müssen wir für ein komisches Bild abgegeben haben.« Sie wischte sich über die Augen und streckte die Hand aus, um Frederica auf die Füße zu helfen.

Mit pochendem Herzen ergriff Freddie sie und ließ sich hochziehen. Als sie voreinander standen wurde Lydias Ausdruck plötzlich ernst. In ihrem Blick lag etwas, das Freddie wie eine Frage erschien. Einem unklugen Impuls folgend, hob sie die Hand und Strich Lydia eine der lose herabhängenden Haarsträhnen aus dem Gesicht. Beide rührten sich nicht, sahen einander nur an.

Freddie spürte eine zarte Berührung an der Wange und sah Lydia zaghaft lächeln. Sie schmiegte ihr Gesicht für einen Moment an die liebkosende Hand.

»Du bist wie ich«, flüsterte Lydia und sah sie unverwandt aus ihren großen, blauen Augen an. Schließlich beugte sie sich vor, bis ihr Gesicht ganz nah vor Freddies war. Noch immer lag dieser fragende Ausdruck in ihren Augen, abwartend, zögernd. Freddie schluckte. Dann legte sie ganz sanft ihre Lippen auf Lydias. Es war nur der Hauch eines Kusses, zarter, unschuldiger als jeder der verstohlenen Küsse, den sie mit Cedric getauscht hatte, doch erschütterte er sie bis ins Mark. Es war, als sei ein Blitz in ihren Scheitel gefahren und bis tief in den Boden geschlagen, während seine elektrische Ladung jeden winzigsten Teil ihres Körpers durchströmte. Es fiel ihr schwer, die widerstreitenden Gefühle in ihrem Herzen zu ordnen.

»Aber ... wir dürfen das nicht. Es ist falsch«, flüsterte sie.

»Ich glaube einfach nicht, dass es falsch sein kann, jemanden zu lieben.« Lydia lehnte ihre Stirn an Freddies und drückte einen Kuss auf ihre Lippen. »Glaubst du, dass der Gott der Liebe dich dafür bestrafen wird, dass du bist, wie du nun einmal bist, egal wie viel Gutes du im Leben tust? Einfach nur dafür, dass du liebst? Das möchte ich nicht glauben.«

»Aber ... aber die Leute ...«, stotterte Freddie.

»Die Leute sehen nur, was sie sehen wollen, Frederica. Zwei bemitleidenswerte Frauen, die keinen Ehemann abbekommen haben und damit geschlagen sind, sich als Lehrerinnen zu verdingen. Was im Privaten geschieht, muss niemand außer uns zweien wissen. Denk doch nur, was wir für ein Leben haben könnten! Bescheiden vielleicht, was den materiellen Komfort angeht, aber so unendlich reich an allem. Eine erfüllende Aufgabe, unser eigenes Reich, in dem wir schalten und walten können, wie es uns beliebt – und wir wären frei.«

»Ich weiß nicht.« Frederica hatte die Arme um Lydias Taille geschlungen und die Augen geschlossen. »Ich habe Angst.«

»Ich auch. Aber mit dir würde ich es gern wagen.«

Sie legte ihre Hand in Freddies Nacken und küsste ihre Lippen. Dieses Mal länger und inniger als zuvor. Frederica wünschte sich, sie könnten einfach die Welt dort draußen vor der Tür mit all ihren Zwängen und Notwendigkeiten vergessen. In diesem Augenblick wurde ihr ganz deutlich bewusst, dass sie sich entscheiden musste. Sie konnte die Zeit nicht zurückdrehen und ungeschehen machen, was sich zwischen ihnen ereignet hatte. Sie konnte nur mutig nach voranschreiten, oder die Tür hinter diesem Abschnitt ihres Lebens schließen, in ihr Elternhaus zurückkehren und einen Mann heiraten, den ihre Eltern für sie aussuchen würden.

Was also hatte sie zu verlieren? Sie musste an die junge Miss Pritchard denken, ihre Neugier und Abenteuerlust.

Oft verbergen sich in scheinbar unglücklichen Umständen die erstaunlichsten Möglichkeiten. Man muss sie nur erkennen und das Beste daraus machen, hatte sie gesagt. Und damit hatte sie absolut recht behalten.

»Das möchte ich auch«, flüsterte Freddie und zog Lydia fest in ihre Arme. Wieder fanden sich ihre Lippen, und sie tauschten neugierige, forschende Küsse, die Freddie aufgeregt und atemlos zurückließen.

Was für ein Abenteuer! Auf welchen verschlungenen Pfaden das Schicksal sie an genau diesen Ort geführt hatte, wo sie dabei war, ihr stilles, geheimes Weihnachtswunder zu erleben. Wie viel sie in den vergangenen Wochen erlebt hatte, und doch stand sie gerade erst am Anfang des größten Abenteuers von allen.

22

SIR THOMAS DE CLAIR

Alle Vergangenheit ist nur ein Prolog.

William Shakespeare
Englischer Dichter, Dramatiker, Schauspieler und Thea-
terleiter

Eine freudige Aufregung hatte Sir Thomas schon am Morgen ergriffen, als er aus dem Fenster geblickt und die Gärten so still und weiß hatte daliegen sehen. Wie ein kleines Kind hatte er sich gefreut, den vereinzelten Schneeflocken bei ihrem Tanz zuzusehen, in dem Wissen, dass heute Weihnachten war und er mit ganz besonderem Besuch rechnen durfte. Zum Glück lag der Schnee nicht zu hoch und von *Clover Cottage*, das zu seinem Landbesitz gehörte, war es nicht weit bis hierher nach *Ellingham*. Im Frühjahr und Sommer hatte er den Weg oft zu Fuß zurückgelegt, wenn er zum Tee eingeladen war.

So sehr wie heute hatte er sich schon lange nicht mehr auf ein Weihnachtsfest gefreut. Er fühlte sich leicht und unbeschwert und so fröhlich wie schon seit Jahren nicht mehr. Mehr als ein Jahr lagen die Ereignisse jener seltsamen Nacht zurück, von der er keiner Menschenseele je ein Sterbenswörtchen erzählt hatte. Man hätte ihn ja für verrückt gehalten! Schließlich gab es keine Geister. Und in der Tat, hätte er nicht mit Sicherheit sagen können, ob es nicht möglicherweise nur ein besonders lebhafter Traum gewesen war. Dennoch war aus jener Nacht die tiefe innere Gewissheit zurückgeblieben, dass sein Freund Marley ihm vergeben hatte, und das Leben mit all seinen glücklichen Augenblicken, aber auch seiner Tragik und seinen schicksalhaften Verstrickungen, wert war, gelebt zu werden. Er wollte dankbar sein für jede Minute des Glücks, so klein es auch sein mochte, denn aus dieser Dankbarkeit erwuchs die Kraft, auch die schweren Tage zu überstehen.

Heute jedoch würde es ein glücklicher Tag werden. Der gesamte Haushalt war mit den Vorbereitungen beschäftigt, aber Sir Thomas schien auch die Bediensteten mit seiner Fröhlichkeit angesteckt zu haben. Viele summten oder pfiffen bei der Arbeit vor sich hin, während sie das Haus mit Efeu, Stechpalme und Rosmarinzweigen schmückten. Er war an diesem Morgen bereits früh draußen gewesen und hatte das Julscheit ausgewählt, das am Abend im Kamin lodern und weihnachtliche Wärme verbreiten sollte.

Alle gaben sich große Mühe, *Ellingham* in ein festliches Gewand zu kleiden, und Sir Thomas achtete darauf, mit dem Lob nicht sparsam zu sein. Außerdem hatte er dafür gesorgt, dass die Geschenkkisten, die sie am Stephanstag mit nach Hause zu ihren Familien nehmen würden, in diesem Jahr besonders reichlich gefüllt waren. Bei der Auswahl der Geschenke hatte ihm Isabella hilfreich mit ihrem Rat zur Seite gestanden.

Der Duft des Rosmarins mischte sich mit dem der nelkengespickten Äpfel und Orangen und dem von Mrs Willows köstlichen Mince Pies, der aus der Küche durchs Haus zog und ihn mit Vorfreude erfüllte.

Am frühen Abend, es war bereits dunkel, rollte die erste Kutsche vor. Mr und Mrs Boddingham, ihre Töchter Alice und Sylvia, und kurz darauf auch die Linfords in Begleitung von Mr Garvey Junior trafen ein. Dieser war in die Fußstapfen seines Vaters getreten und hatte die Pfarrstelle übernommen. Sir Henry Lucas traf zu Pferde ein, denn er ließ sich die Gelegenheit für einen Ausritt ungern entgehen. Und schließlich traf auch seine eigene Kutsche ein, die er nach *Clover Cottage* geschickt hatte, und die den Gast brachte, den er heute am sehnlichsten erwartete.

Er eilte die Stufen hinunter, um Isabella selbst aus der Kutsche zu helfen. Als sie an seiner Hand hinausstieg, blitzte für einen Augenblick etwas Blaues unter dem schwarzen Mantel hervor. Sir Thomas musste darüber lächeln. In einem blauen Kleid war sie zum ersten Mal in sein Leben getreten. Wie passend also, dass sie am heutigen Abend wieder ein solches trug. Die Trauerzeit war seit einem Monat vorüber, jedoch hatte Isabell ihre Trauergarderobe noch nicht sofort abgelegt. Heute Abend allerdings hatte sie es getan. Dieser Umstand musste etwas zu bedeuten haben, und Sir Thomas spürte, wie sein Herzschlag sich beschleunigte, als er darüber nachdachte. Aber er würde sich noch etwas gedulden müssen.

Mit Isabella am Arm führte Sir Thomas die festliche Prozession an, die sich in den Salon begab. Wie es der Brauch war, hatte man eine Kugel aus Efeu und Stechpalmenzweigen aufgehängt. Zwischen dem Grün leuchteten rote Äpfel hervor und unten war mit einer roten Schleife ein Mistelzweig angebunden.

»Nur zu, Sir Thomas! Sie stehen unter dem Mistelzweig. Sie sollten zuschlagen, solange er noch Beeren hat!«, rief Sir Henry gut gelaunt.

Ein wenig peinlich berührt wandte Sir Thomas sich Isabella zu, die den Blick niedergeschlagen hatte. Als er jedoch sah, dass sie lächelte, beugte er sich vor, küsste sie zart zuerst auf die eine, dann auf die andere Wange und zupfte danach eine Mistelbeere von dem Zweig.

Es sollte nicht der letzte Kuss werden, der an diesem Abend unter dem Mistelzweig getauscht wurde, als die fröhliche Runde sich nach dem Dinner wieder im Salon einfand, um unter großem Hallo das Julscheit zu entzünden, Scharaden zu spielen, zu tanzen, zu singen und ausgelassen zu sein.

Als schließlich die Gäste sich nach und nach verabschiedeten, blieben am Ende nur Isabella und er zurück. Sie sah bezaubernd aus in ihrem blauen Kleid, im Feuerschein hätte man glauben können, vor ihm stünde das junge Mädchen von damals.

»Es war ein wunderschönes Weihnachtsfest, Sir Thomas«, sagte sie und lächelte, als sie die letzten Gäste hinausbegleitet und verabschiedet hatten, und sie an seinem Arm in den Salon zurückschritt. »Im letzten Jahr hätte ich es kaum für möglich gehalten, dass ich je wieder so ein fröhliches Weihnachten verbringen würde. Haben Sie vielen Dank für Ihre freundliche Einladung.«

»Ich habe zu danken, Mrs Marley. Ihre Gegenwart hat dem Abend doch erst seinen Zauber verliehen.«

Isabella lachte.

»Sind wir nicht ein wenig zu alt für derartige Komplimente?«

»Zu alt? Ich bin fünfunddreißig und Sie allerhöchstens dreißig. Ich denke, es bleibt uns noch viel Zeit für Komplimente und ich gedenke, sie zu nutzen.«

Isabella sah ihn an und lächelte.

»Dann will ich es Ihnen gleichtun, de Clair. Sie haben sich in den vergangenen Monaten als wahrer Freund erwiesen. Ich kann Ihnen gar nicht genug danken, dass Sie mir *Clover Cottage* überlassen und sich so rührend um mich gekümmert haben.«

»Ich, äh«, Sir Thomas räusperte sich, »ich muss gestehen, dass meine Motive nicht gar so selbstlos waren, wie Sie Ihnen erscheinen mögen. Es gibt da noch etwas, das ich Ihnen sagen muss, und ich hoffe, Sie werden mich nicht dafür verurteilen.«

»Kommen Sie, setzen wir uns ans Feuer«, entgegnete Isabella. »Denn bevor Sie weitersprechen, möchte ich Ihnen eine kleine Geschichte erzählen.«

»Eine Geschichte?« Sir Thomas runzelte die Stirn.

»Ja. Sie handelt von einem jungen Mädchen aus recht bescheidenen finanziellen Verhältnissen, dessen Eltern noch drei weitere Töchter hatten und sie alle gut versorgt wissen wollten. Das Mädchen konnte auf keine glänzende Zukunft hoffen, doch dann wurde ihr ein junger Mann vorgestellt, der – mit einem Landsitz und daraus resultierenden Einnahmen ausgestattet – seiner zukünftigen Frau ein Leben in moderatem Wohlstand würde bieten können. Er war höflich und freundlich und von angenehmem Aussehen. Eltern und Schwestern rieten unserer Heldin zu, wenn so ein Mann ihr einen Antrag machte, könne sie gar nicht anders, als ihn anzunehmen. In der Tat war es wohl das Vernünftigste, was sie hätte tun können. Sie hatte ihn gern und er war gut zu ihr, was also wollte sie mehr? Als er also eines Tages bei einem Spaziergang um ihre Hand anhielt, da sagte sie Ja. Die Liebe, dachte sie, würde mit der Zeit schon noch reifen.« Isabella sah auf. In ihren Augen spiegelte sich das Flackern des Kaminfeuers. »Etwas später, es war im Mai, luden Bekannte die junge Frau und ihren Verlobten ein, sie auf einen Ball bei den Huntingdons zu begleiten. Der Verlobte zog sich leider eine Erkältung zu und musste das Bett hüten, doch er bestand darauf, dass sie sich seinetwegen das Vergnügen nicht entgehen lassen sollte. Uns so kam es, dass die junge Frau ihre Freunde allein auf den Ball begleitete.«

Sir Thomas spürte, wie seine Kehle eng wurde. Seine Handflächen klebten auf dem Holz der Armlehnen.

»Dort tanzte sie mit einem jungen Mann. Groß war er und schlank, hatte braune Locken und graugrüne Augen. Er war charmant, unterhaltsam und witzig und als sie mit ihm tanzte, glaubte sie, ihr Herz müsse zerspringen. Noch lange nach dem Ball ging ihr der junge Mann nicht aus dem Kopf und sie wünschte sich insgeheim, ihn noch einmal wiederzusehen. Dass sie ihm tatsächlich bald schon noch einmal begegnen würde, konnte sie nicht ahnen.«

»Isabella!«, flüsterte Sir Thomas.

»Thomas!«

Sein Herz pochte deutlich schneller, als er sie seinen Namen aussprechen hörte.

»Es hat damals einfach nicht sein sollen. Ich habe Marley lieben gelernt und all die Jahre kein schlechtes Leben gehabt. Und doch habe ich mich oft gefragt, was gewesen wäre, wenn ich nicht bereits einem anderen das Eheversprechen gegeben hätte.«

»Es ist gut, wie es ist, Isabella«, sagte er. »Das Schicksal hat uns nach all dieser Zeit wieder zusammengeführt.«

Sir Thomas erhob sich, kniete vor ihr nieder und ergriff ihre Hand, die sich in seiner kühl anfühlte.

»Du würdest mich sehr glücklich machen, wenn du sagtest, dass du den Rest unseres Weges gemeinsam mit mir gehen möchtest und Lady de Clair werden möchtest.«

Sie lächelte, dann wurde ihr Gesicht wieder ernst.

»Glaubst du, er hätte es gewollt?«

»Ja. Ich glaube, das hätte er. Er war ein guter Freund. Der beste, den ich je hatte und ich bin sicher, er würde uns seinen Segen geben.« Dies sagte Sir Thomas aus voller Überzeugung.

»Dann will ich gern deine Frau werden, Thomas.«

Er erhob sich, zog Isabella in seine Arme und küsste sie sanft auf die Lippen.

»Ich liebe dich«, flüsterte er.

23

MISS MIRIAM PRITCHARD

Die Liebe ist das einzige Abenteuer.

Unbekannt

Miriam konnte alles, was geschehen war, noch überhaupt nicht fassen. Die Überraschungen schienen kein Ende nehmen zu wollen. Was für ein Abenteuer. Das hätte sie sich im Leben nie träumen lassen. So eine ganz und gar verrückte Geschichte hatte sie noch in keinem ihrer Bücher gelesen.

Bevor sie zu Bett ging, wollte sie noch den Brief von Miss Whitehouse lesen. Nun, da sie wusste, wer sie war, war Miriam noch dreimal so neugierig darauf zu hören, was sie zu berichten hatte. Nach und nach fügte sich alles zu einem Bild zusammen. Sie verstand nun, warum Frederica so traurig ausgesehen hatte, und was sie dazu bewogen hatte, als Kindermädchen zu arbeiten. Miriam entfaltete den Briefbogen und begann zu lesen:

Liebe Miss Pritchard,
wie Sie vielleicht an der Adresse bemerkt haben, schreibe ich Ihnen nicht von Aubrey House, sondern aus dem Mädchenpensionat von Miss Barnes in Hemel Hempstead, wo ich mittlerweile als Lehrerin für Französisch und Zeichnen arbeite. Was für ein Abenteuer hinter mir liegt! Und nicht alles davon ist besonders erfreulich.

Auf der Reise hatten wir kaum Gelegenheit, einander näher kennenzulernen, was ich schade finde, denn Ihr ungebrochener Optimismus war für mich eine Inspiration in schweren Zeiten, und ich hoffe, dass wir uns vielleicht einmal wieder begegnen. Bis dahin muss dieses Vehikel uns genügen.

Ihr Wunsch nach Abenteuer scheint sich zumindest für mich reichlich erfüllt zu haben. Meine Erfahrung in Aubrey House war leider wenig erquicklich. Seine Lordschaft scheint ein rechter Schürzenjäger zu sein. Ich konnte seinen Nachstellungen jedoch glücklich entgehen und bin auf diese Weise in Miss Barnes' Pensionat gelandet.

Und da sie gerade eine neue Lehrerin suchte, welche die Mädchen im Zeichnen und in französischer Konversation unterweisen kann, hat sie mich prompt eingestellt. Ich könnte gar nicht glücklicher sein. Die Arbeit mit den Mädchen macht mir großen Spaß und es erfüllt mich mit Stolz zu wissen, dass ich einen Beitrag dazu leiste, ihnen bessere Chancen auf ein sorgenfreies und erfülltes Leben zu verschaffen.

Ich hatte seinerzeit keine Gelegenheit, Ihnen zu berichten, warum ich überhaupt die Stelle bei Lord Fotheringham habe annehmen müssen. Wie alle werden Sie mich vermutlich für verrückt halten. Denn ich habe meine Verlobung mit Viscount Fairford gelöst, weil ich feststellen musste, dass ich ihn nicht liebe. Gewiss, werden Sie jetzt sagen, aber es gibt doch viele glückliche Ehen, die aus Opportunität geschlossen wurden. Liebe kann über die Jahre gedeihen und sicher wäre ich mit Lord Fairford glücklich geworden. Aber er ist ein so grundanständiger Mensch und ein guter Freund, den ich sehr schätze. Er verdient eine Frau, die ihn von ganzem Herzen liebt, und ich hoffe, dass er sie findet.

Ich für mein Teil habe hier mein Glück gefunden und habe noch keinen Augenblick meinen Entschluss bereut.

Ihnen wünsche ich, dass Sie das Abenteuer erleben, nach dem Sie sich gesehnt haben, und alles erdenkliche Glück. Ich würde mich sehr freuen, von Ihnen zu hören.

Bald ist Weihnachten und ich freue mich bereits darauf, mit den Mädchen das Haus zu schmücken und Weihnachtslieder zu singen.

Auch Ihnen, Miss Pritchard, und allen Ihren Lieben ein gesegnetes und frohes Weihnachtsfest wünscht Ihnen,

Ihre Freundin Frederica Whitehouse

Noch einmal überflog Miriam die letzten Absätze. *Er verdient eine Frau, die ihn von ganzem Herzen liebt und ich hoffe, dass er sie findet.* Miriam musste darüber lachen. Wenn Miss Whitehouse wüsste! Dass ausgerechnet sie diese Frau sein sollte ... Denn dass sie Cedric liebte und mit ihm glücklich werden wollte, das stand für Miriam ganz fest.

Sie zweifelte keine Sekunde daran, dass Cedric sein Versprechen wahrmachen und zurückkehren würde, um sich persönlich von Tante Augusta zu verabschieden und seine Schulden zu begleichen.

Wie würde er staunen, wenn sie ihm erzählte, was es mit dem geheimnisvollen Gentleman und dem Medaillon ihrer Mutter auf sich hatte. Und wie würde Miss Whitehouse staunen, wenn sie von all dem hörte.

Sie faltete den Brief wieder zusammen, legte ihn auf dem Nachtkästchen ab und machte sich daran, sich zum Schlafen fertigzumachen.

Der nächste Tag war ein Sonntag und Miriam musste nicht in die Buchhandlung. Gerade saß sie mit Tante

Augusta beim Frühstück zusammen, als es an der Tür läutete und kurz darauf Alice den Besuch von Lord Fairford ankündigte. Sie schien einigermaßen verwirrt darüber, dass »Alfred« sich ihr plötzlich mit diesem Namen vorgestellt hatte.

Etwas später führte sie Cedric hinein. Zögerlich blieb dieser stehen, bis Tante Augusta ihm einen Platz anbot.

»Ich hoffe, Sie haben mir meinen plötzlichen Aufbruch nicht übelgenommen«, begann er an Miriams Tante gerichtet. »Ich hatte noch einige Dinge zu regeln, wie Sie sich vorstellen können. Man verliert schließlich nicht jeden Tag seine Identität.« Er lächelte schief. »Sicher hat Ihnen Miriam inzwischen alles erzählt. Ich würde Sie auch bitten, mir eine Aufstellung der aufgelaufenen Kosten für Kost und Logis zu machen, damit ich Ihnen zurückzahlen kann, was ich Ihnen schulde. Darüberhinaus können Sie sich stets meines Dankes gewiss sein für alles, was Sie für mich getan haben.«

»Das ist sehr anständig von Ihnen, Lord Fairford«, sagte Tante Augusta. »Sie haben recht, Miriam hat mir bereits alles erzählt, und ich bin froh, dass Sie Ihr Gedächtnis wiedergefunden haben. Hier ist unterdessen auch einiges geschehen. Aber das wird Ihnen Miriam gleich berichten.«

Sie warf Miriam einen vielsagenden Blick zu.

»Nun, ich werde mich rasch darum kümmern, dass wir etwas Tee und Gebäck bekommen, und bei der Gelegenheit kann ich auch die gewünschte Rechnung fertigstellen.«

Damit verließ sie das Wohnzimmer und ließ die beiden jungen Leute allein zurück.

Cedric räusperte sich.

»Haben Sie, wie versprochen, noch einmal darüber nachgedacht?«, fragte er schließlich und sah Miriam hoffnungsvoll an.

»Allerdings, das habe ich. Und wie Miss Pritchard bereits sagte, habe auch ich erstaunliche Neuigkeiten, die sich in der Zwischenzeit ergeben haben.«

»Ich bin gespannt.« Cedric betrachtete sie neugierig und wartete voller Ungeduld darauf, dass sie begann.

»Ich habe nämlich herausfinden können, was es mit dem Gentleman aus der Kutsche und dem Medaillon auf sich hat. Und ich denke, das wird auch Sie ganz besonders interessieren.«

»Machen Sie es doch nicht so spannend.« Cedric lachte leise. »Ich bin ganz Ohr.«

Miriam erzählte, wie sie nach Hause gekommen war, den Earl mit Tante Augusta im Wohnzimmer vorgefunden, und was sie dann im Anschluss von den beiden erfahren hatte.

»Habe ich das richtig verstanden? Lord Chester ist Ihr Großvater? Und er hat Ihre Mutter verstoßen, weil sie einen unstandesgemäßen Mann heiraten wollte?«

»Richtig. Meinen Vater, einen Kaufmannssohn. Die beiden flohen über die Grenze nach Schottland, wo sie heirateten und im Anschluss nach Bangor zogen, wo mein Vater seinen Schieferhandel aufbaute.«

Cedric schaute verdutzt drein. Die Überraschung war ihr offenbar gelungen.

»Aber wenn Lord Chester Ihr Großvater ist, dann bedeutet das ja ...«

»Es bedeutet, dass ich die Enkelin eines Earls bin, und meine Mutter, Lady Elizabeth Swinton, seine Tochter.« Sie lächelte und sah ihn herausfordernd an.

»Dann ... dann würde das bedeuten, dass Sie es sich gegebenenfalls doch noch einmal überlegen könnten, ob sie meinen Antrag annehmen?«

»Allerdings. Das tut es.«

Miriam sah, wie sich Cedrics Gesicht aufhellte und er regelrecht strahlte, als er sich erhob und sich vor ihr auf ein Knie herabließ.

»Miss Miriam Pritchard. Ich habe Sie in den vergangenen Tagen schätzen und lieben gelernt und wäre überglücklich, wenn Sie sich vorstellen könnten, meine Frau zu werden.«

»Ja, Cedric. Ja, das will ich.«

Cedric erhob sich, zog Miriam stürmisch in seine Arme und küsste zärtlich ihre Lippen.

»Du machst mich unendlich glücklich. Selbstverständlich werde ich noch in aller Form bei deinen Eltern um deine Hand anhalten.«

»O Cedric, ich bin so glücklich. Wer hätte gedacht, dass sich all meine Bedenken so einfach in Luft auflösen würden.«

Cedric lachte. »Eine ganz und gar unglaubliche Geschichte, nicht wahr?«

»Allerdings«, stimmte Miriam zu. »Und sie wird noch unglaublicher. Was meinst du, wer mir gestern geschrieben hat?«

Cedric sah sie fragend an. »Wer?«

»Freddie. Frederica Whitehouse. Sie arbeitet als Lehrerin in einem Mädchenpensionat in Hemel Hempstead und scheint dort sehr glücklich zu sein. Wir sollten ihr gemeinsam schreiben und ihr erzählen, was geschehen ist. Was meinst du, wie sie staunen wird.«

Cedric lachte. »Und wie. Das ist eine hervorragende Idee. Nun wird doch noch alles gut.«

Zärtlich strich er über Miriams Wange, lehnte sich vor und küsste sie innig.

24

LORD CHESTER

Wo viel Liebe ist, da ist viel Vergebung.

Jeremias Gotthelf (1797 – 1854)
Eigentlich Albert Bitzius, Schweizer Pfarrer und Erzähler

Lord Chester war heilfroh, als die Kutsche endlich Bangor erreichte. In seinem Alter steckte man die Strapazen einer langen Reise nicht mehr so einfach weg. Allerdings war diese Reise es wert, dass einem die alten Knochen schmerzten.

Als die Kutsche vor dem Haus der Pritchards hielt, war Chester aufgeregt wie ein kleiner Junge.

Er kletterte aus der Kutsche auf den Gehsteig, der mit einer weißen Puderschicht bedeckt war. Feine weiße Flöckchen rieselten noch immer vom Himmel und legten sich auf seine Schultern und den Hut.

Eiligen Schrittes ging er zur Haustür und betätigte den Türklopfer. Einen Augenblick später öffnete der Butler die Tür und ließ ihn ein.

»Vater!« Ehe Chester sich versah, flog Elizabeth ihm in die Arme, herzte und drückte ihn. »Ich bin so froh, dich endlich leibhaftig wiederzusehen.«

Chester konnte nicht verhindern, dass Tränen in seine Augen traten, als er sein einziges Kind nach all den Jahren in die Arme schließen und an sich drücken konnte.

»Ich bin so froh, dass du mir vergeben hast, mein Kind«, murmelte er in ihre Haare.

Das Jahr über hatten sie einander geschrieben und sich langsam wieder angenähert.

»Komm, wir wollen hineingehen. Die anderen sind auch bereits da.« Elizabeth ging voraus in den Salon.

»Wie hübsch ihr alles herausgeputzt habt«, stellte Chester fest, denn allenthalben hingen mit großen roten Schleifen verzierte Girlanden aus immergrünen Pflanzen.

»Pritchard!«, rief Chester und streckte seinem Schwiegersohn die Hand hin, der sie mit einem freundlichen Lächeln ergriff.

»Lord Chester! Ich freue mich sehr, dass Sie den Weg hierhergefunden haben.«

»Die Freude ist ganz meinerseits. Aber lassen Sie mich noch einmal um Verzeihung bitten. Ich habe mich in Ihnen getäuscht.

»Lassen wir die Vergangenheit hinter uns und freuen wir uns auf ein schönes Weihnachtsfest.«

»Lassen Sie mich Ihnen unsere Familie vorstellen. Das ist unsere Älteste, Emily mit Baby Tim. Unser erster Enkel. Er wurde im September geboren. Emilys Ehemann, Mr Robert Cratchit, Edmund, unser Jüngster und Jacob, unser Ältester mit seiner Frau Mary. Unser mittlerer Sohn, Julius, konnte leider nicht kommen. Er hat eine schwere Erkältung und konnte daher die Reise nicht antreten. Aber Sie werden ihn gewiss auch bald kennenlernen.«

»Nun Fairford und Miriam kennst du ja bereits.« Elizabeth lachte.

»Allerdings.« Chester klopfte Cedric freundschaftlich auf die Schulter und nahm Miriam in den Arm. »Ich möchte euch beiden noch einmal persönlich zur Hochzeit gratulieren.«

»Vielen Dank, Großvater«, entgegnete Miriam. »Es war eine hübsche kleine Feier, nur mit den engsten Verwandten auf Brayton Abbey. Aber du hast gefehlt.«

»Du weißt ja, mein Kind, lange Reisen strengen mich schrecklich an, und ich war in der letzten Zeit gesundheitlich etwas angeschlagen. Ihr müsst mir alles von der Feier erzählen. Gewiss warst du die schönste Braut, die diese Welt je gesehen hat.«

»Allerdings. Das war sie, Chester«, bestätigte Cedric. »Wie eine Göttin hat sie ausgesehen in ihrem Kleid mit der feinen Silberstickerei.«

»Ich kann es mir lebhaft vorstellen.« Chester lächelte Miriam zu.

»Komm, setz dich noch eine Weile zu uns an den Kamin und wärme dich auf. Das Essen wird bald serviert.«

Nach dem Essen gingen sie recht bald zu Bett, um zum morgigen Weihnachtsfest frisch und ausgeruht zu sein.

Ein schöneres Weihnachtsfest hätte Chester sich nicht träumen lassen können. Er dachte nicht mehr an die vielen verlorenen Jahre, sondern freute sich auf die, die ihm noch vergönnt sein mochten im Kreise seiner Lieben.

Stolz hielt er den kleinen Tim im Arm, seinen ersten Urenkel. Wie winzig er ihm erschien, und Chester erinnerte sich, wie er vor so langen Jahren seine Elizabeth ganz genauso im Arm gehalten hatte und sich auch darüber gewundert hatte, wie aus einem so winzigen Ding einmal ein großer, erwachsener Mensch werden könnte.

»Tiny Tim«, flüsterte er und strich dem Kleinen über das flaumige Haar. »Ich bin froh, dass ich dich noch kennenlernen durfte.«

Wenn er seine Elizabeth betrachtete, konnte er kaum glauben, dass sie schon fünf erwachsene Kinder hatte. Natürlich war auch an ihr die Zeit nicht spurlos vorübergegangen, doch er konnte in ihren Zügen noch deutlich das junge Mädchen erkennen, das sie damals gewesen war. Miriams Schwester Emily war ihr wie aus dem Gesicht geschnitten. Auch im Wesen, so konnte Chester feststellen, ähnelte sie ihrer Mutter sehr.

Als schließlich die Kinderfrau kam, um den kleinen Tim ins Bett zu bringen, mochte sich Chester kaum trennen.

»Gute Nacht, Tiny Tim. Und fröhliche Weihnachten.«

»Kommt, wir wollen ein wenig Platz schaffen, dann können wir tanzen!«, rief Edmund. »Mary, auf ans Pianoforte und spiel uns etwas Lustiges. Du bist die Musikalischste unter uns.«

Mary folgte lachend der Aufforderung ihres Schwagers und nahm am Klavier Platz, während die anderen eilends Sessel und Stühle zur Seite räumten, um ausreichend Raum zu schaffen.

»Ich werde euch einfach nur zusehen«, wehrte Chester ab. »In meinem Alter muss man alles ein wenig ruhiger angehen lassen. Das Herumhüpfen muss man den Jungen überlassen.«

Lächelnd sah er zu, wie sich die anderen zu Marys lebhaftem Klavierstück drehten und sagte sich, wie glücklich er sich doch schätzen konnte, dass er dies alles noch erleben konnte. Es war wie ein großes Wunder, dass alles so gekommen war, und er nach Jahren der Einsamkeit und Verbitterung seinen Lebensabend nun im Kreise einer großen Familie verbringen würde.

Im Kamin loderte das Julscheit und verbreitete behagliche Wärme, es wurde gelacht, getanzt und gescherzt.

Nach dem dritten Stück rückte Elizabeth sich einen Stuhl heran, ließ sich erschöpft und mit erhitztem Gesicht hineinfallen und fächelte sich mit den Händen Luft zu.

»Puh! Ich brauche eine Pause.« Sie lachte. »Du hast recht, Vater, das Herumhüpfen sollten wir den Jungen überlassen.«

Er lächelte sie an.

»Wie schrecklich dumm von mir, dass ich nicht viel früher nach euch gesucht habe«, sagte Chester ernst. »All das hier zu versäumen. Was war ich doch für ein Narr.«

Elizabeth ergriff die Hand ihres Vaters und drückte sie.

»Du hast mich schützen wollen«, sagte sie. »Ich habe dir schon lange verziehen. Lass uns nicht mehr davon sprechen, ja? Ich bin froh, dass du heute hier bei uns bist.«

»Ob deine Mutter uns wohl von oben im Himmel zusieht?« Chester lächelte »Sie hätte sich sicher gefreut, uns alle zu sehen.«

»Ich bin ganz sicher, dass sie uns zusieht«, entgegnete Elizabeth.

»Du hast eine prächtige Familie, auf die du stolz sein kannst, mein Kind.«

»Das bin ich auch. Aber ich verstehe auch dich ein kleines bisschen besser, seit ich selbst Kinder habe. Egal, ob sie groß oder klein sind, ständig ist man in Sorge um sie.«

Chester lachte.

»Das ist wohl richtig. Aber sie bereiten einem mehr Freude als Sorge, nicht wahr? Du hast mir jedenfalls immer viel Freude bereitet. Ich weiß nicht, was aus mir geworden wäre, hätte ich dich nicht gehabt, als deine Mutter starb.«

»Wir haben einiges miteinander durchgestanden, nicht wahr?« Elizabeth sah zu ihm hinüber.

»Das haben wir und ich bin stolz auf dich.«

»Dies ist das allerschönste Weihnachtsfest, das ich mir hätte wünschen können«, sagte Elizabeth. »Und ich hoffe, dass wir noch viele solcher Feste gemeinsam erleben werden.«

Chester lehnte sich zurück und betrachtete die Flammen.

»Ja. Das hoffe ich auch. Gott segne jeden von uns.«